지악천 7권

초판1쇄 펴냄 | 2021년 10월 12일

지은이 | 일혼
발행인 | 성열관

펴낸곳 | 어울림 출판사
출판등록 / 2009년 1월 23일 제 2015-000062호
주소 / 경기도 고양시 일산동구 무궁화로 43-55, 801호 (장항동, 성우사카르타워)
TEL / 031-919-0122
FAX / 031-919-0127
E-mail / 5ullim@hanmail.net

ISBN 978-89-992-7472-5 (04810)
ISBN 978-89-992-7209-7 (SET)

7

지악천

일혼 무협 장편소설

목차

池樂天

지악천

第 三 十 二 章 — 거지

　천진(天津)에서 출발한 불취개는 불과 사흘 만에 남악에 도착했다.

　정말 대단하다고 할 만한 경공이었다.

　화경의 경지에 닿은 그의 내공이 화수분처럼 돌고 돌았기에 가능한 일이었다.

　지금의 지악천이라도 그보다 몇 배 이상 걸려도 이상하지 않은 수준이었다.

　정작 남악에 도착한 불취개는 곧장 용개를 찾아가지 않았다.

　그 역시 출발하기 전에 용개가 보냈던 서신을 읽었기에

맥락은 어느 정도 인지하고 있었다.

그리고 방주가 원하는 대로 그들을 안전하게 데려오는 것이 목적이었다.

하지만 정말 오랜만에 총타에서 나온 만큼 그는 충분히 즐기고 돌아갈 생각이었다.

적어도 앞에서 소리치는 놈을 마주하기 전까지는 그렇게 생각했다.

'이 새끼는 뭐지? 미쳤나?'

불취개는 처음에 그를 봤을 때 그렇게 생각했다.

자신의 앞에서 이렇게 무례한 이는 정말 십여 년 만에 처음이었으니까 말이다.

"거지새끼가 주제도 모르고 어디서 개짓거리야!"

이런 말을 들을 정도였으니까 말이다.

그 시작은 불취개가 도착하기 반 시진 전 남악의 한 객잔에서부터였다.

그 시끌벅적한 객잔에 중앙에는 지악천, 강성중, 차진호, 후포성이 자리하고 있었다.

"아니, 그게 아니지. 야…… 아니, 강 형! 강 형도 얘한테 말 좀 해보라니까? 고것 좀 익혔다고 저렇게 기고만장하다니까."

말을 하면서도 원망의 눈초리를 후포성에게 보내고 있

었다.

이 문제를 만든 것은 차진호에게 진 후포성에게 있다고 생각하는 지악천이었다.

물론 차진호가 후포성을 이긴 것을 가지고 웃으면서 지내는 꼴을 보니 짜증이 난 탓도 없지 않았다.

"이왕 이겼으면 좋은 거지. 어차피 내공의 3할밖에 쓰지 못했다고 해도 대단한 성과지. 마땅히 칭찬받을 수 있는."

강성중의 말에 차진호는 더 크게 미소 지었다.

그리고 그 미소를 본 후포성은 씁쓸해했고, 지악천은 얼굴을 찌푸렸다.

아직 한참을 구르고 굴러야 할 차진호가 고작 그 정도로 좋아하고 있을 때가 아니었기 때문이다.

하지만 그것을 내색할 수 없었기에 답답했다.

"넌 말이야, 아무튼 휴가 끝나면 이 녀석의 내공 5할까지 풀어줄 거야. 어디 계속 웃을 수 있나 두고 보자. 이 녀석으로 안 된다면 내가, 아니 제갈 공자에게 부탁해봐야지. 안되면 강 형도 있으니까. 어떻게든 되겠지."

"아니, 네가 하면 될 텐데 왜 가만히 있던 나랑 제갈 공자를 끌어들이냐?"

"내가 하면 적당한 것이 안 되잖아."

지악천의 말에 강성중과 후포성은 어이가 없다는 듯이 웃어버렸지만, 차진호만큼은 웃던 얼굴이 굳었다.

강성중의 말대로 지악천이 자신을 상대하면 그야말로 악몽의 시작이라는 걸 알기 때문이다.

"하, 하하…… 포두님? 굳이 그러실 필요가 없지 않습니까."

"웃기고 있네. 헛소리 말고 넌 휴가 끝나면 보자. 그리고 낭인 네놈도 마찬가지야."

잔뜩 심술궂은 얼굴을 한 지악천의 말에 둘 다 시무룩해졌다.

"아, 그러고 보니 강 형도 저번 일로 꽤 좋아지지 않았나? 그랬던 거 같은데?"

강성중은 자신을 보며 눈을 반짝이며 물어오는 지악천의 말에 신속하게 고갤 흔들었다.

"아니, 전혀. 난 스스로 조절할 수 있다고. 굳이 네가 나서지 않아도 말이야."

"아니, 아니죠! 포두님! 강 대협이야말로 가장 필요하지 않을까 싶습니다! 안 그래요? 후 형?"

차진호가 역습과 동시에 후포성을 바라보자 그 역시 빠르게 고갤 끄덕이며 동의했다.

"아무렴요! 지 포두님! 강 대협이 저희보다 더 필요할 겁니다. 저희는 저희끼리 알아서 하면 됩니다!"

"……."

차진호와 후포성의 역습에 강성중의 표정이 일그러졌다.

"이…….."

"됐고! 셋이서 한 번씩 돌아가면서 하면 되겠지."

강성중의 말을 자른 지악천의 말에 강성중의 표정은 굳었고, 반대로 차진호와 후포성은 활짝 웃었다.

차진호와 후포성은 직접 지악천을 겪어봤지만, 강성중은 그들과 다르게 다른 이들이 당하는 것만 봐왔기에 체감이 달랐다.

"아니, 이건 아니야."

상황을 부정하는 강성중의 말에 지악천이 확실하게 못을 박듯이 말했다.

"아니긴, 뭐가 아니야? 강 형. 이렇게 여유 있을 때 해야지 언제 하겠어?"

지악천의 말은 논리적으로는 틀리지 않았다.

다만, 이 상황을 강성중이 받아들이기가 힘들었다.

지악천과 대련이든 비무든 뭐든 했던 이들의 모습을 전부 봐왔던 강성중으로서는 고생문이 활짝 열린 곳으로 들어가고 싶은 마음이 전혀 없었으니까.

"아니, 그래도 말이야. 내가 할 일이……."

"할 일? 하루 정도 쉬면되지. 어차피 강 형이 모든 걸 지켜볼 수 있는 것도 아니잖아? 그냥 하루쯤 자신을 위해서 투자하라고."

지악천의 말에 강성중의 미간이 일순간 일그러졌다.

'그게 나를 위해서 투자하는 거냐? 누굴 위해서?'

"……."

결국, 입안에서 맴도는 말을 꺼내지 못한 강성중이었다.

그렇게 그들은 지악천 홀로만 만족스러운 식사 자리를 끝내고 가볍게 차를 마실 때 밖에서 소란스러움을 느꼈다.

"제가 보고 오죠."

그 소란스러움에 차진호가 일어서려고 했지만, 지악천이 제지했다.

"됐다. 휴가인데 내가 가봐야지."

밖으로 나온 지악천의 시선에 바닥을 뒹굴고 있는 이들과 그들을 내려다보고 있는 거지가 눈에 들어왔다.

바닥에 쓰러진 이들은 저마다 신음을 흘리며 고통스러운지 얼굴이 일그러져 있었다.

"무슨 일이더냐?"

그들을 보며 객잔에서 나온 지악천이 물었지만 누구도 대답하지 않았다.

"거지. 네가 한 짓인가?"

서 있는 거지를 향해서 물었고, 그 거지는 다름 아닌 불취개였다.

불취개는 지악천의 말에 주변을 훑었다.

지악천의 물음이 자신을 향한 것이 아니라는 듯이.

"거기 서 있는 거지 네놈에게 물어봤다. 네가 한 짓이냐고 말이다."

계속된 지악천의 지목에 불취개는 손가락으로 자신을 가리키며 물었다.

"나 말이더냐?"

"그럼, 거지새끼가 너밖에 없지 누가 있더냐?"

"하!"

지악천의 물음에 불취개는 어이가 없다는 듯한 얼굴로 헛웃음을 흘렸다.

그런 불취개의 모습에 지악천의 눈이 차갑게 가라앉았다.

"거지새끼가 주제도 모르고 어디서 개짓거리야!"

용개 때도 그러했지만 지악천은 거지를 싫어했다.

특히나 문제를 일으키는 거지를 특히 더 싫어했다.

지악천의 말에 불취개의 표정이 싸늘해졌다.

불취개의 표정이 바뀜과 동시에 주변의 공기가 빠르게 바뀌기 시작했다.

그 공기의 질은 차갑고 아주 날카로운 느낌을 담고 있었다.

그러한 변화를 가장 빨리 인지한 것은 불취개를 마주하고 있는 지악천이었다.

'만만치 않은 거지네. 무인인가?'

지악천은 불편한 심기를 숨기지 않고 드러내고 있는 불

취개가 예사롭지 않은 이라는 것을 인지했다.

하지만 그렇다고 물러날 생각은 없었다.

자신은 '포두'였으니까.

이 자리에서 일어난 일에 대해서 알아야 할 사람이었다.

자신이 피한다면 포두로서의 권위가 떨어지는 일이었다.

지악천은 그런 일은 다시는 겪고 싶은 생각이 없었다.

싸늘한 표정을 하고 있던 불취개의 눈빛이 살짝 달라졌다.

의기상인(意氣傷人)과 유사한 살기를 섞은 기세를 주변에 퍼트렸는데도 자신의 앞에 있는 지악천이 개의치 않는 모습에 살짝 호기심이 생겼다.

그리고 그런 호기심은 지악천의 행색을 다시 보게 했다.

'포두?'

그는 자신의 기세를 아무렇지도 않다는 듯이 서 있는 지악천에게 호기심이 생기기 시작했다.

'무딘 건가? 아니면 그만한 실력을 갖추고…… 아니, 실력을 갖추고 있었군.'

싸늘한 불취개의 기세가 조금씩이지만, 지악천의 삼종진기가 움직이면서 서서히 밀어내기 시작했다.

파사삭.

지악천과 불취개의 기세가 가장 크게 충돌하는 곳에 있

던 돌멩이가 둘의 기세를 버티지 못하고 가루가 돼버렸다.

그러는 가운데 불취개의 표정은 심각했다.

'이 정도로 정순한 진기를 가진 놈이 어떻게 냉기와 화기를 동시에?'

불취개는 생전 처음 보는 기이한 현상에 고갤 갸웃거리며 대치 중인 지악천을 면밀하게 바라봤다.

지악천은 그런 불취개의 시선을 인지하지 못한 상태로 그저 분노를 표출했다.

자신을 끊임없이 겁박하고 힘으로 누르려는 거지를 보면서 지지 않겠다는 의지가 점점 커졌다.

그렇게 한동안 둘이 기 싸움을 하는 사이에 좀처럼 돌아오지 않는 지악천에게 무슨 일이 있나 싶어 밖으로 나온 셋은 서로 마주 보고 있는 둘을 발견했다.

"아니, 뭐⋯⋯!?"

밖으로 나온 셋 중에 강성중만이 지악천과 노려보고 있는 불취개의 정체를 인지했다.

—갑자기 어떻게 된 거야? 하필이면 상대가⋯⋯ 불취개왕이라니.

뒤에서 들려오는 강성중의 전음에 지악천의 미간이 좁혀졌다.

'불취개왕? 불취개? 아! 그 늙은 거지가 개방에서 온다고 했던 사람인가? 천하십오절이라던?'

지악천은 강성중의 전음으로 인해서 자신과 기 싸움을 벌이고 있는 이의 정체가 불취개라는 것만큼은 확실하게 인지했다.

하지만 물러서고 싶은 마음은 전혀 들지 않았다.

본래 지악천의 성격이었다면 이미 진즉에 물러서고도 남았겠지만, 초절정이라는 경지와 환골탈태를 하면서 자신감이 너무나도 크게 붙은 것이 영향을 크게 받은 모양이었다.

가장 큰 이유는 불취개라는 강자를 만난 희열이었다.

무림인이고자 하지 않았던 지악천은 자신이 의식하지 못하고 있는 사이에 가장 무림인답게 변하는 듯했다.

강성중은 자신의 전음을 들었음에도 물러설 기미가 없어 보이는 지악천의 모습에 서둘러 움직였다.

지악천을 말릴 수 없다면 불취개를 말릴 수밖에 없었다.

아무리 지악천 덕분에 내공이 정순해졌다곤 하지만, 지악천과 불취개가 기 싸움을 하는 한복판에 끼어들고 싶은 생각이 없었기에 측면으로 나와 그에게 전음을 보냈다.

─불취개왕님. 그만하심이 어떻겠습니까. 상대는 아직 무림을 잘 모르는 포두에 불과합니다. 그리고 이번에 불취개왕께서 데려갈 녀석들을 보내기로 한 것도 지 포두가 결정한 일이기도 합니다.

강성중의 전음에 불취개의 미간도 지악천처럼 좁아졌다.

그때 불취개의 뒤쪽 멀찌감치 떨어진 곳에서 용개의 모습이 보이기 시작했다.

용개는 불취개의 뒷모습만 봐도 그가 불취개라는 것을 인지하고 빠르게 다가오기 시작했다.

"그마아아안!"

떠나가라 소리를 지르는 용개의 목소리에 불취개의 미간은 완전히 일그러졌다.

마치 본격적으로 차려진 음식을 음미하려는데 누가 와서 음식을 걷어찬 듯한 표정이었다.

이를 악문 용개가 빠른 걸음으로 불취개의 뒤에 붙었다.

"불취개 장로…… 그만하시오. 저 지악천 포두가 우리에게 그들을 넘긴 이들인데 은혜를 원수로 갚을 셈이오?"

용개가 전음도 아닌 음성으로 대놓고 말하자 불취개는 마음에 들지 않는다는 표정을 숨기지 않았다.

하지만 이 이상으로 끌고 가는 것은 개방의 명성에 먹칠이 될 수 있기에 먼저 물러설 수밖에 없었다.

─용개 장로. 나중에 따로 좀 봅시다.

짜증이 잔뜩 묻어 있는 전음에 용개는 침을 살짝 삼켰지만, 불취개의 성격을 잘 알기에 크게 걱정하지 않았다.

'끽 해봤자, 한소리하고 말겠지.'

불취개가 같은 방도를 상대로 손을 쓰지 않는다는 걸 잘 알고 있었다.

일순간 기세를 거둬들이자, 지악천도 곧바로 맞대응하던 기세를 거둬들일 수밖에 없었다.

따지고 보면 단순히 대치하고 있을 뿐이었기에 큰 문제도 아니었다.

하지만 지악천이나 불취개는 서로를 노려보는 시선만큼은 거둬들이지 않고 있었다.

그만큼 각자 상대방이 마음에 들지 않는다는 뜻이었다.

그렇게 지악천을 노려보던 불취개가 시선이 강성중을 향하는 동시에 전음을 보냈다.

―네놈…… 은영단 소속이구나. 따로 찾아오도록.

불취개는 단박에 강성중의 정체를 알아차렸는지 찾아오라는 전음을 끝으로 그 자리에서 돌아서서 용개와 함께 움직였다.

불취개가 돌아서기 무섭게 강성중과 후포성은 긴장감이 풀리며 땀이 줄줄 흐르기 시작했다.

"후……."

하지만 정작 차진호만큼은 지금, 이 순간까지 무슨 일이 벌어졌는지 깨닫지 못하고 있었다.

그건 어쩔 수 없는 일이긴 했다.

내공을 익히지 못했고 이해하지도 못하는 차진호가 이해할 순 없었다.

"쯧, ."

돌아가는 불취개와 용개를 보던 지악천이 혀를 찼다.

그리고 그 모습에 주변에 삼삼오오 모여들었던 좌중은 빠르게 흩어졌다.

"잡쳤군. 먼저 간다. 그리고 강 형은 나중에 보자고. 가자."

지악천이 불만 가득한 얼굴로 걸어 나가자 그 뒤를 차진호가 아닌 후포성이 따라붙었다.

차진호는 휴가 중이기에 굳이 같이 돌아갈 필요는 없었다.

또한 후포성은 강제적이긴 했지만 엄밀히 계약 관계였기에 맘대로 행동할 수 없었다.

"어쩌죠?"

지악천과 후포성이 돌아가는 모습에 차진호가 강성중에게 물었다.

"어쩌긴 차 포두는 편히 휴가나 즐기게. 나도 볼일이 생겼으니."

그 말과 동시에 강성중은 빠르게 불취개와 용개가 사라진 방향으로 몸을 날렸다.

용개도 인지하지 못한 자신의 소속을 정확하게 알고 있는 불취개를 한시라도 빨리 만나야 했다.

먼저 현청으로 돌아가고 있던 지악천의 표정은 여전히 풀리지 않았다.

"일단 가서 준비해. 하던 건 계속해야 하니까."

"예?"

"예는 무슨. 전력으로 덤벼라. 죽일 기세로."

황당해하는 후포성의 물음에 대답하는 지악천의 냉담한 말에 후포성은 식은땀이 눈에서 흐르는 것 같았다.

'이게 뭐야…… 하아.'

본래 오늘은 오랜만에 쉴 수 있는 날이라고 생각했더니 갑작스럽게 마주한 불취개왕도 그렇고.

지금 당장 지악천의 불편한 심기를 오롯이 자신이 감당해야 한다는 생각에 한숨이 절로 나왔다.

같은 시각 불취개가 향한 방향으로 움직이고 있던 강성중은 많은 생각이 교차하고 있었다.

'정말 매번 엮이고 꼬이는구나.'

본래대로라면 불취개와 마주하지 않고 조용조용 넘어가나 싶었다.

하지만 하늘은 지악천을 한시도 가만두지 않을 셈인지 이런 일까지 만들고 말았다.

그것도 첫 대면부터 좋지 않았다.

'불편해진 관계를 개선하려면 결국 내가 어떻게 하냐의 문제겠지.'

적어도 강성중은 자신의 선에서 어떻게든 해보려고 다짐

했다.

한편 강성중을 오라고만 했지만, 어디로 오라고 하지 않았기에 용개가 안내하는 장소로 향한 불취개의 표정은 지악천과 마찬가지로 불만 가득했다.

"불취개 장로. 그만 푸세. 무림인도 아닌 이에게 그런 감정은 낭비 아닌가."

누구보다 지악천에게 감정이 클 용개는 나름대로 점잖게 말했지만, 불취개에겐 소귀에 경 읽기였다.

"됐고 아까 그 망나니 같은 포두 놈 말고 다른 녀석 누군지 아나?"

"다른 놈? 아! 강성중? 그……그러네? 그저 제갈가에 인연이 있는 놈이라고만 알고 있긴 한데…… 왜?"

용개 역시 강성중에 대해서 아는 것이 없다는 것을 이제야 인지했지만, 그러려니 했다.

제갈세가에서 괜히 붙여놓을 이유가 없다고 생각했으니까.

"제갈세가가? 흐음."

강성중을 누가 붙여놓았는지 그림이 그려졌다.

그는 무림맹에서 은영단이 무슨 일을 하고 다니는지 알고 있는 몇 안 되는 이들 중 하나였기에 제갈군이 강성중을 붙였다는 걸 금방 유추할 수 있었다.

'개인의 사리사욕을 위해서 움직일 사람은 아니지만, 그

렇다고 불리하게 사람을 쓸 사람도 아니지.'

누군가가 듣는다면 괴리감 있는 말이라고 하겠지만, 불취개는 제갈군의 성격을 잘 알고 있었다.

그렇기에 제갈군이 다른 누구보다 일찌감치 지악천을 발견하고 감싸면서 다른 이들의 눈에 들어가지 않게 하려고 하고 있다는 것을 예상할 수 있었다.

다만, 불취개는 지악천의 어떤 모습을 보고 제갈군이 이런 결정을 했을 지를 생각할 수 없었다.

제갈군과 달리 불취개엔 지악천에 대한 정보가 없었으니까.

"그래서 어디 있는데?"

"아, 저쪽."

불취개의 물음에 용개가 안쪽을 가리키자 안으로 들어간 불취개는 바닥에 나란히 죽은 듯이 누워있는 지부장과 살수를 바라봤다.

"엉망이군."

"2번에 걸쳐서 넘어왔으니 당연하지."

"흠. 며칠 쉬다가 가지. 간만에 총타에서 나왔는데 그냥 돌아가긴 아쉬우니."

"아니, 그게 무슨…… 아, 아니. 알겠다고."

하루라도 빨리 총타로 돌아가고자 했던 용개는 불취개의 말에 불만을 드러냈지만, 이내 눈을 부라리는 그의 눈을 보고서 고갤 돌렸다.

어차피 용개는 불취개의 말을 따를 수밖에 없었다.

제아무리 용개가 무공에 자신이 있든 없든 상관없이 불취개는 넘을 수 없는 벽과 같았으니까.

"밖에 녀석이 왔군. 들어오라고 해."

뜬금없는 불취개의 말에 용개가 밖으로 나갔다.

불취개의 말대로 강성중이 살짝 불안한 기색을 한 채로 기다리고 있었다.

"네가 왜? 아니, 일단 가지."

용개는 강성중에게 묻고자 했지만, 불취개의 말대로 일단 안으로 들였다.

그렇게 강성중이 용개의 안내를 따라서 안에서 기다리고 있는 불취개가 있는 곳으로 향했다.

"생각 보다 왔군. 내일이나 올 줄 알았더니."

"천하십오절의 일인인 불취개왕님을 기다리게 할 순 없는 노릇 아니겠습니까."

"쯧, 혓바닥에 기름칠을 한 건 그놈의 영향인 것이더냐?"

불취개의 말에 용개가 고개를 갸웃거리면서 끼어들었다.

"뭐야? 이 녀석과 안면이 있었어?"

"……일단 용개 너는 빠져 있어라. 둘이 할 얘기가 있으니."

용개의 물음에 불취개가 물끄러미 강성중을 보다가 살짝 고갤 좌우로 움직이자 곧장 그를 내보냈다.

용개는 그런 불취개의 말에 불만을 드러낼까 했지만, 그의 성질을 알기에 군말 없이 자리 비켰다.

불취개는 가볍게 기막을 둘렀다.

"됐나?"

"감사합니다."

강성중은 불취개가 용개를 내보내고 혹시나 해서 기막까지 펼쳐주자 가볍게 표정을 풀고 그에게 감사인사를 했다.

"시답지 않은 감사 따윈 필요 없다. 왜 은영단에 있는 녀석이 그런 희한한 놈의 곁에 붙어 있는 거지? 제갈군의 명령인가? 아니, 명령인지는 물어볼 필요가 없겠군. 이미 이 자리에 왔다는 것은 나에게 제반 설명을 하겠다는 뜻과 다르지 않을 테니까. 해보게."

강성중은 불취개의 말을 듣고 그에 관한 생각을 바꿀 수밖에 없었다.

'무림맹에서 배웠던 불취개의 성정은 귀찮은 일은 딱 질색하는 이라고 들었는데 전혀 아니잖아.'

강성중은 물론 설명을 하러 오긴 했지만, 모든 것을 털어놓을 생각은 하지 않았다.

적당한 임기응변 수준으로 끝내려고 했다.

그런데 먼저 치고 나온 불취개의 말을 듣자 왠지 어물쩍 넘어가서는 안 될 것 같다는 기분이 들었다.

"크흠, 불취개왕님. 꼭 들으셔야 하겠습니까? 저희에 대해서 아신다면 저희의 정보는 무림맹 내부의 극소수만 접할 수 있습니다."

"흥. 자네의 말이 헛소리에 불과하단 건 더 잘 알고 있지 않나? 어차피 내가 듣고자 한다면 무림맹에서 거부할 리가 없다는 것쯤은 알고 있을 텐데?"

"예. 알고 있습니다. 하지만 절차가 있지 않습니까. 절차가. 결과를 사전에 알 수 있다고 해도 아직은 그 결과가 나온 것은 아니지 않습니까."

"상부의 허락 없이 말할 수 없다는 말을 에둘러 말하지 마라. 내가 굳이 그렇게 하고 싶진 않기도 하고, 그냥 네가 할 수 있는 선에서 얘기하면 된다. 그런데도 부족하다 싶으면 귀찮음을 감수할지 말지, 판단하면 되니까."

"알겠습니다."

강성중은 대답 후에 자신이 무림맹에 보고 올렸던 내용을 중심으로 얘기를 시작했다.

그 과정에 속한 지악천에게 생겨난 특이사항들은 최대한 언급을 자제했다.

간단하게 지악천이 처음에 주목받기 시작하고 제갈군의 눈에 들어가고 이후에 사파와 암상과 얽히는 것 정도를 간단하게 풀어냈다.

물론 듣는 내내 불취개의 표정은 썩 믿지 않는 듯했지만, 강성중은 절대로 없는 사실을 얘기하지 않았다.

그저 있는 사실을 살짝씩 꼬아놓을 뿐이었다.

하나씩 본다면 분명한 진실이었다.

그리고 처음 지악천에 대해서 전부 얘길 해봤자, 믿지 못할 사람이 더 많기도 했다.

지악천처럼 급속도로 강해지는 이들이 어디 있겠는가.

흡사 마공조차도 이런 성장 속도를 보이진 못하니까 말이다.

한때는 강성중조차 그런 지악천의 성장 속도에 부러울 정도였으니까 말이다.

지금이야 그런 모습을 너무나도 많아 봐서 그런지 오히려 익숙해진 느낌이 강했다.

그랬기에 불취개에게 지악천에 대해서 에둘러 얘기하는 데 더 쉽고 오히려 진실성이 느껴지게 잘 얘길 했다.

"그렇게 놈들을 붙잡고 개방에 넘기게 된 겁니다."

"떠안으라고 떠민 건 아니고?"

불취개의 말에 강성중은 살짝 쓴웃음을 머금었다.

강성중이 떠민 것은 아니었지만 용개가 나서서 떠맡긴 했다.

그것을 의도했든 의도하지 않았든 말이다.

"흠흠, 더 알고 싶으신 부분이라도 있습니까?"

"네 말대로라면 그 주제도 모를 포두 놈은 단지 엄청난 기연을 얻은 놈에 불과하단 말이군? 결국, 다 말해주지 않았다든가 그게 사실이든가 그렇겠군. 그렇지?"

말은 그렇게 해도 결국은 그다지 믿는 모양새는 아니었다.

'사파나 마도라고 하기에는 느껴지던 내공은 엄청나게 정순했지. 흠⋯⋯.'

불취개도 그만큼 정순한 내공은 소림사의 신승에게서나 느껴봤을 정도였다.

그만큼 지악천의 내공의 정순함은 대단하다고 할 수 있었다.

물론 본인은 그것을 그다지 인지하고 있진 못하고 있었지만 말이다.

"특이하게 정순한 내공과 음양이기까지 사용하고 말이야. 그런데 그 부분에 아무런 의문을 가지지 말란 말과 다름없군."

"죄송합니다. 그 부분은 본인도 저에게 말을 하진 않습니다. 다만 악행을 저지른다거나 그렇진 않습니다. 적어도 제가 지켜보던 중에는 말이죠."

강성중의 말에 불취개는 의문을 표하진 않았다.

지켜보고 있지 않은 순간까진 알지 못하는 건 어쩔 수 없는 일이었으니까.

결국 불취개의 궁금증을 해결할 방법은 하나였다.

몸으로 부딪쳐 보는 것이었다.

"마지막으로 하나만 묻지. 그 포두의 성정은 어떻지?"

"성정 말입니까?"

강성중은 불취개의 질문을 되물으면서 그의 의중을 떠보려고 했다.

하지만 불취개는 가당치도 않다는 듯이 말했다.

"그냥 있는 그대로 말해. 자네가 느끼고 본 대로."

"……자신에게 합리적으로 판단한다고 생각합니다."

"어떻게 보면 극히 평범하단 말이군."

"그렇게 볼 수도 있지만, 포두로서의 그는 다른 사람입니다."

"다르다? 사람이라면 누구나 그럴 수 있지 않나? 합리적인 사람도 간혹 자신의 자리에 따라서 비합리적인 판단을 내리곤 하니까."

'다른 사람들의 시선에나 비합리적으로 보일지언정 당사자에게는 합리적인 법이지.'

불취개는 강성중의 말을 그다지 대수롭지 않게 생각했다.

그는 많은 이들이 이중성을 보이곤 하는 걸 많이 봐왔으니까.

사람은 누구나 이중성을 가지고 있기에 그게 오히려 인

간답다고 생각했다.

강성중은 불취개의 말을 제대로 이해했다.

자신 역시 그런 판단을 얼마 전에 했었으니까.

"제가 과하게 생각했나 봅니다."

"아니, 그럴 수 있지. 오히려 제갈군. 그놈이랑 같이 있다 보면 그런 경향을 보이는 이들이 가끔 있으니까."

불취개는 제갈군에 대한 평가가 박했다.

반대로 제갈군은 불취개에 대해서 대단히 좋게 평가했다.

물론 그것은 서로가 바라보는 시선과 관점의 차이라고 할 수 있었다.

'감시 대상이자, 보호의 대상이었을 상대에게 이런 호감을 느끼고 있다니 신기할 노릇이군. 그것도 은영단 소속임에도 말이야.'

불취개는 얘길 듣는 내내 강성중의 말에서 지악천을 향한 호감을 느낄 수 있었다.

이성의 대상으로 생각하는 그런 호감이 아닌 진짜 형제 같은 그런 호감 말이다.

'이러한 호감이 자신도 모르게 나타날 정도면 그만큼 신뢰도 크다는 말이겠군.'

하지만 그런 호감을 느낀다고 해도 자신은 이미 지악천에 대해선 그다지 좋은 감정이 아니었다.

십 수 년 만에 거지새끼라는 말도 들어봤으니까 말이다.

물론 당시의 상황을 두고 잘잘못을 따진다면 자신 역시 잘했다곤 할 수 없지만, 그렇다고 해서 잘못했다고 생각하지 않았다.

불취개 역시 자기중심적인 사람이었으니까 말이다.

* * *

그렇게 불취개가 남악에 온 지 어느새 닷새가 지나고 지악천은 이른 아침부터 천금전장에서 보내온 한 통의 서신을 받았다.

그 서신의 내용은 급히 처리해야 할 일이 있으니 지금 당장 와달라는 것이었다.

지악천은 무슨 일이라도 있는가 싶어 곧장 천금전장으로 향했다.

그렇게 지악천이 천금전장에 도착하기 무섭게 전장주가 입을 헤벌쭉거리며 다가왔다.

"아이고! 지 포두님 오셨습니까!"

지악천은 이전에 자신에게 그다지 호의적이지 않았던 천금전장주의 갑자기 돌변한 태도를 보고 미간을 찌푸렸다.

'무슨 속셈이지?'

지악천이 미간을 찌푸리는 걸 본 전장주가 빠르게 다가

왔다.

"아이고! 포두님. 방금 말입죠. 저희 천금전장 본단에서 지 포두님의 지장이 필요하다고 해서 말입죠. 헤헤."

"지장을? 어째서?"

"헤헤. 본단에서 필요하다고 했습니다."

"아니, 그러니까 설명을 하란 말입니다."

지악천의 물음에 전장주는 그제야 자신이 급급해서 제대로 설명하지 않았다는 걸 깨달았다.

"아……! 아이고! 죄송합니다! 지 포두님! 워낙 급해서 그만…… 죄송합니다!"

천금전장주가 허리를 숙이는 순간 전장 안으로 제갈청하가 들어섰다.

"제가 조금 늦었나요?"

"아니, 제갈 소저께선 여긴 어쩐 일로?"

지악천은 갑작스럽게 들어선 제갈청하를 보면서 갸웃거렸다.

그 모습에 제갈청하가 가볍게 미소 지으며 말했다.

"일전에 말하지 않았던가요? 그들에게서 받은 것의 절반을 주겠다고요. 그 때문이에요."

제갈청하의 말에 지악천은 일전에 제갈청하에게 했던 말을 떠올릴 수 있었다.

"아! 그걸 벌써 받은 겁니까?"

"그랬으니까 이렇게 이 자리에 있는 거겠죠."

사실 제갈청하는 세가가 정말로 금자 100만 냥을 받았든 받지 않았든 관심 없었다.

어차피 제갈세가가 운영하는 천문학적인 자금을 생각하면 금자 100만 냥은 그저 애들 코 묻은 돈이라고 치부할 수 있는 돈이었으니까 말이다.

천금전장주는 지악천과 제갈청하가 하는 얘길 듣다가 슬쩍 끼어들었다.

"저, 어느 정도 아시는 것 같은데…… 따로 설명이 필요하십니까?"

"일단 듣죠."

그 말에 전장주가 제갈청하를 슬쩍 바라봤지만, 자신을 바라보지도 않는 그녀를 보고서 이내 입을 열었다.

"본단에 아주 큰 금액이 들어왔습니다. 지악천 포두님의 이름으로 말입죠. 그래서 본단에서 시급하게 지급용 패를 만들기 위해서 지장이 필요합니다. 이왕이면 인장과 자신만의 특별한 표식까지 있으면 더없이 좋습니다. 중원에 있는 수많은 천금전장 어디서든 뺄 수 있게 해드릴 겁니다."

전장주의 말에 지악천은 제갈청하를 다시 바라봤고, 그녀는 고갤 끄덕였다.

지악천 역시 전장에서 어떤 절차로 돈을 꺼낼 수 있는지 정돈 알고 있었다.

단지 알고만 있던 것을 막상 하려니 조금 어색했을 뿐이었다.

꾸욱, 스윽.

지악천은 그대로 지장과 인장 그리고 표식을 그렸다.

지악천이 그것을 작성하기 무섭게 전장주는 빠르게 그것들을 갈무리했다.

"늦어도 두어 달 안에 본단에서 지장을 비롯한 인장과 표식이 전역으로 전해질 겁니다. 거기다 지 포두님의 이목구비까지 전부 말이죠. 그리고 이걸 보여주면 됩니다."

전장주는 손가락 두 개 정도의 크기의 은패를 지악천에게 건넸다.

"흐음…… 다 된 겁니까?"

지악천의 물음에 전장주는 이전까지 보여준 미소보다 더 진한 미소를 입가에 그렸다.

"예! 끝났습니다. 정말 감사합니다. 지 포두님! 은혜는 잊지 않겠습니다!"

갑자기 지악천의 양손을 잡고 말하는 그의 모습에 눈살을 찌푸렸다.

도통 그가 왜 이렇게 하는지 순간적으로 이해하지 못했다.

하지만 뒤이어 들려오는 제갈청하의 전음을 듣고서 금방 이해했다.

―천금전장에 들어간 돈을 지켰으니 고마워하는 거죠. 무려 금자 50만 냥에 달할 텐데 그 자금이 빠지면 전장 입장에선 크게 아쉽죠. 전장이 돈을 맡긴 사람의 돈을 불려주기도 하지만, 불려주는 돈보다 배 이상의 이익을 얻기도 하니까요.

제갈청하의 말을 듣고서 이해가 갔다.

은자가 빠지는 것과 금자가 빠지는 것은 천지 차이일 테니 당연한 반응이었다.

그렇게 천금전장을 빠져나온 제갈청하는 옆에 있는 지악천에게 물었다.

"불취개왕께선 별다른 움직임이 없나 보죠?"

제갈청하 역시 일전에 불취개왕이 남악에 일찌감치 도착했다는 소식을 접하긴 했지만, 그와 만나진 않았다.

제갈청하 역시 거지 특유의 그 냄새는 견디기 쉽지 않았다.

그리고 그 특유의 냄새는 오랫동안 개방에 있던 거지일수록 지독했기에 더욱 주저할 수밖에 없었다.

실제로도 대부분 무림인이 개방도와 함께 자리할 땐 후각을 마비시킨다는 것도 공공연한 비밀이기도 했다.

"그제도 객잔에서 항상 가득 차려놓고 먹고 있더군요."

지악천의 말투에는 비꼼이 가득했다.

거지가 거지답지 않은 것이 마음에 들지 않은 것이었다.

무림에서 아무리 존경받아 마땅하다는 천하십오절의 일인인 불취개왕이라곤 하나 지악천의 관점에선 불취개는 '거지'에서 그 이상도 그 이하도 아니었다.

인식의 차이는 극히 좁히기 힘들어 보였다.

"그렇군요. 다른 분들은 여전히 수련 중인가요?"

제갈청하는 자연스럽게 주제를 한창 지악천과 대련하면서 고통 받고 있는 강성중, 차진호, 후포성에게로 넘겼다.

"예. 아직 부족하긴 한데 나쁘진 않습니다."

나쁘진 않다는 말에 제갈청하의 눈은 그조차도 부럽다는 듯한 눈을 하고 있었다.

제갈청하는 대놓고 자신도 같이 대련에 참여하고 싶다는 말만 안 했지 꾸준히 표현은 해왔지만, 지악천은 철저하게 모른 척했다.

매일 돌아가면서 강성중, 차진호, 후포성을 상대하고 있는 것도 일인데 제갈청하까지 포함할 생각은 없었다.

당연히 그럴 만한 여유가 없었다.

업무에 지장이 없는 선에서 일정을 맞춰놨는데 제갈청하가 끼면 반대로 지악천과는 별개로 셋에게 여유가 생길 수도 있지만, 그런 여유를 줄 생각 따윈 없었다.

거기다 계속해서 묘하게 주변을 어슬렁거리는 불취개도 있고 신경 쓰이는 게 이만저만이 아니었다.

"슬슬 돌아가 봐야겠습니다. 아, 그리고 제갈 소저. 제갈세가에서 보내준 선물 잘 받았다고 기별이라도 보내주면 감사하겠습니다."

"예…… 뭐, 알겠어요. 다음에 또 뵙죠."

"예. 다음에."

그렇게 둘은 헤어지고 지악천은 가벼운 발걸음으로 현청으로 향했다.

그리고 그런 그들의 모습을 멀리서 불취개가 지켜보고 있었다.

지악천도 눈치채지 못할 정도로 자신의 존재감을 죽여버린 불취개는 이미 지악천이 현청에서 나올 때부터 그를 지켜보고 있었다.

그리고 그들의 천금전장에서 나눈 대화를 먼 거리지만 뚜렷하게 엿듣고 있었다.

제갈세가가 지악천에게 50만 냥을 보냈다는 걸 들었지만, 그다지 동요하지 않았다.

불취개 역시 제갈세가가 운용하는 자금에 대해서 어느 정도 알고 있기에 별거 아닌 금액이라는 걸 잘 알고 있었기 때문이다.

개방 역시 제갈세가와 비슷한 규모의 자금이 소모되고 있었으니까 말이다.

'제갈세가가 저놈에게 원하는 게 뭘까? 무력? 지위? 아

니면……?'

마지막 혼처를 떠올린 순간 불취개는 고갤 흔들었다.

아무리 미래가 탄탄해 보이는 지악천이라곤 자신이 마지막에 떠올렸던 생각은 무리라고 생각했다.

'그럴 리가 없겠지. 혈혈단신이고……. 아니, 혈혈단신이기에 더 가능성이 큰 건가? 거기다 혼기가 꽉 차다 못해 아슬아슬한 제갈청하까지. 너무나 공교롭군. 하지만 굳이 돈까지 줘가며 호감을 살 필요가 있을까? 아니면 일단 2마리 토끼를 쫓다가 선택하겠다는 건가?'

불취개로선 제갈군과 제갈세가의 방식이 쉽사리 이해하지 못했다.

그도 그럴 것이 불취개는 세가에 속한 이도 아니었고 더더군다나 한 자신의 아버지도 아닌 사람이었으니까 말이다.

'마냥 지켜볼 수도 없고 슬슬 결정을 내려야 하는데 흐음…….'

불취개 역시 마냥 남악에서 지악천을 지켜보고 있을 순 없는 노릇이었다.

지악천과 그 주변에 불취개의 호기심을 자극하는 것들이 여럿 있긴 했지만, 일단은 총타로 돌아가야 할 시간이 다가오고 있었기 때문이었다.

'어쩔 수 없군. 일단 구지신개(九指神丐)와 청죽신개(青竹神丐)한테 부탁해봐야겠군.'

불취개는 일단 돌아가야 하기에 항상 바쁘게 돌아다니지만, 자신의 부탁을 거절하지 않는 둘에게 지악천에 대해서 모조리 알아내 달라고 부탁하기로 결정을 내리고 물러섰다.

그리고 이튿날 새벽에 지악천은 강성중에게서 용개와 불취개가 남악을 떠났다는 이야기를 전해들을 수 있었다.

"이제야 갔네. 다신 안 봤으면 좋겠네."

"글쎄다."

그의 혼잣말에 강성중이 반응을 보이자 지악천은 그게 무슨 뜻이냐는 듯이 바라봤다.

"용개 장로와는 대충 무마하긴 했지만, 불취개 장로와는 아니었으니까."

"아, 몰라. 어떻게든 되겠지. 일단 그리고 음, 오늘은…… 강 형 먼저 하자고. 그리고 너희 둘은 알아서 적당히 대련하든지 구경하든지 알아서 해."

지악천의 말에 강성중은 얼굴이 일그러졌고 차진호와 후포성은 동시에 안도의 한숨을 내쉬었다.

* * *

그렇게 불취개와 용개가 떠난 지 어느덧 엿새가 지났다.

꾸덕꾸덕해 보이는 머리카락과 수염에 넝마를 걸친 거지

가 주변의 시선에도 아랑곳하지 않고 남악에 들어섰다.

물론 성문을 통과하는 과정에 관졸들과 약간의 실랑이가 있긴 했지만, 행색과는 다르게 호패를 소유하고 있기에 통과시켜줄 수밖에 없었다.

'흐음…… 남악이라.'

그는 묘한 시선으로 멀리 형산이 있는 방향을 바라보다가 이내 휘적휘적 어딘가로 향했다.

그의 휘적거리는 걸음걸이와는 다르게 방향 자체는 달리 분명한 목적지가 있어 보였다.

그렇게 그가 도착한 곳은 제갈세가가 전세 놓은 객잔의 앞이었다.

벌써 장기간 제갈세가가 객잔 자체를 통째로 전세 놓아서 그런지 이쪽에는 사람들이 잘 오가지 않는 곳인데도 그는 객잔 앞에서 바라보고 있었다.

그렇게 그가 한동안 가만히 서 있자 입구를 지키고 있던 천룡대원 하나가 그에게 다가갔다.

"무슨 볼일이라도 있으십니까? 이 객잔은 제갈세가에서 전세 낸 상태입니다. 용건이 없으…… 헙! 죄송합니다! 구지신개 장로님!"

천룡대원이 말을 하던 와중에 그는 자신의 허리춤에 감아났던 표식과 자신의 손을 보여주자, 그는 깜짝 놀라 허리를 숙였다.

그것은 개방도를 뜻하는 매듭이었다.

결의 수는 7결이었고 그것은 장로의 표식이었다.

거기다 그의 손가락이 하나 없는 걸 보고 그가 누구인지 알아차린 것이었다.

"괜찮네. 제갈세가의 장녀가 있다는 말을 들었는데, 있는가?"

구지신개는 천룡대원의 실수를 탓할 생각은 없었다.

어차피 자신도 자신의 신분을 드러내지 않았기에 생긴 문제였기에 굳이 잘잘못을 따질 생각 자체가 없었다.

"지금 출타 중이십니다. 안에서 기다리시면 연락하겠습니다."

천룡대원은 안에 제갈청운이 있긴 했지만, 개방의 장로인 구지신개를 상대로 제갈청운이 나설 자리가 아니라고 생각했다.

현재 책임자는 어디까지나 제갈청하였다.

"어디로 갔는지 알려만 주게나. 어차피 간단한 안부만 물을 생각이었으니까."

구지신개의 물음에 청룡대원은 순간 고민했다.

"그것이……."

"제가 알려드리지요. 구지신개 장로님."

천룡대원이 거절하려는 순간 입구로 나오던 제갈청운이 모습을 드러내며 말했다.

아마도 안에 있던 이들 중 구지신개라는 말에 제갈청운에게 알린 모양이었다.

"제갈 세가의 막내시구려. 제갈청운이라고 알고 있는데 맞는가?"

"맞습니다. 장로님."

"한데, 누님이 계신 곳으로 가기 전에 무슨 일로 오셨는지 실례가 안 되면 알 수 있겠습니까. 누님을 통하지 않아도 될 일이라면 제가 알려드릴 수도 있지 않겠습니까."

제갈청운의 말에 구지신개가 흥미롭게 바라보긴 했지만, 고갤 흔들었다.

"흘흘. 미안하지만, 이왕이면 책임자를 만나는 것이 모양새가 좋지 않겠나. 자네가 자네 누이를 대신할 수 있다면 상관없겠지만, 그것은 아니지 않나."

구지신개는 차분하게 제갈청하를 만나겠다는 의지를 꺾을 생각이 없었다.

물론 제갈청운의 말대로 그냥 그에게 물어볼 수도 있지만, 애초에 구지신개의 목적은 그것이 아니었기고 적당한 명분 쌓기였다.

불취개의 연락을 받고 온 만큼 일단 제갈세가가 이곳에서 온 경위부터 시작해서 모조리 캐낼 생각이었다.

그냥 돌아갈 생각이 없어 보이는 구지신개의 말에 제갈청운은 도리가 없었다.

"알겠습니다. 가시죠."

같은 시각 지악천은 강성중과 차진호를 상대로 비무 같은 대련 중이었다.

채애앵!

강성중의 검을 비껴내기 무섭게 몸을 회전시키며 차진호의 봉을 그대로 발로 쳐냈다.

하지만 봉을 쳐냈다고 해서 반격할 여유는 없었다.

계속해서 이어지는 강성중의 날카로운 검격을 튕겨내기 바빴다.

그리고 그런 둘의 틈바구니의 틈을 노리고 들어오는 차진호의 봉까지 견제해야 하는 지악천은 말 그대로 정신없었다.

그런 그들을 바라보고 있는 제갈청하와 후포성은 이미 그들의 모습이 익숙했는지 침착하게 그들의 모습을 지켜보았다.

계속해서 같이 해왔던 후포성과는 달리 제갈청하는 어느덧 사흘째 이들의 대련을 지켜보는 중이었다.

물론 지악천이 그녀의 참가를 계속해서 거절했고 결국 제갈청하는 대련이 아닌 관전으로 방향을 틀었기에 지금 이 자리에 있을 수 있었다.

'정말 말도 안 돼.'

그녀는 지금도 꾸준하게 성장하고 또 성장해나가는 지악천의 모습에 감탄을 금하지 못했다.

지악천은 어제와 오늘이 달랐다.

전날 통했던 방식이 오늘은 통하지 않고 더 단단해지거나 아예 틈을 주지 않게 변했다.

어느 때는 오히려 압도하는 모습을 보여주기까지 했다.

그렇다고 지악천과 꾸준히 대련하는 강성중, 차진호, 후포성의 성장이 느린 것도 아니었다.

그들은 자신보다 강한 지악천과의 대련을 통해서 정말 많은 성장과 발전을 이뤘다.

그중에 특히 크나큰 발전을 이룬 사람은 차진호였다.

내공이 없는 차진호는 봉황등천식이라는 외공을 익히면서 어지간한 절정고수에 근접하는 무위를 보여주고 있었다.

물론 어디까지나 단발성으로 제압이 가능하단 말이었다.

하지만 그것만으로도 엄청난 성과라고 할 수 있었다.

강성중 역시 지악천 덕분에 탄탄해진 혈도와 정순해진 내공에 완전히 익숙해졌다.

강성중 혼자 수련했다면 꽤나 걸렸겠지만, 계속된 지악천과 대련 때문에 단 며칠 만에 익숙해져 버렸다.

맞기 싫으면 적응하지 않을 수 없었다.

챙, 채채챙!

2대1로 싸우는 와중에도 지악천은 틈틈이 강성중을 몰아붙이기도 하면서 강성중의 긴장감을 자극했다.

또한 그런 모습을 보여줄 때마다 차진호의 긴장감 역시 자극됐다.

지악천은 강성중이 뛰어올라 내려찍는 검을 튕겨내는 순간 반보 물러서며 검을 집어넣었다.

그리고 그 모습을 본 강성중과 차진호의 얼굴이 찌푸려졌다.

지악천이 검을 집어넣었다는 건 본격적으로 움직이겠다는 신호나 다름없었다.

"물러서!"

땅에 내려선 강성중이 외치자 사전에 준비라도 했는지 빠르게 차진호가 물러서고 강성중은 침을 삼켰다.

몇 번이나 이 같은 상황에서 지악천에게 무력하게 당해왔기에 그들도 나름대로 뭔가를 준비했다.

그런 그들의 모습에 지악천은 만족스러운 마음을 감추는 한편 천천히 움직이기 시작했다.

'일단 간을 볼까?'

둘을 확실하게 제압하기보다는 그들이 뭘 하려고 하는지에 더 관심이 생겼다.

한 걸음 한 걸음 천천히 다가갈수록 강성중과 차진호의

표정은 굳어갔다.

아마도 지악천의 반응이 자신들이 예상했던 것과는 달랐던 모양이었다.

그도 그런 것이 대련 중에는 항상 호전적인 모습을 줄곧 유지했던 지악천이 갑자기 차분해지니 오히려 그들이 되려 긴장해버린 것이다.

"아니, 이건 예상 못 했는데?"

"강 형! 강 형만 믿으라면서요!"

강성중의 중얼거림을 들은 차진호가 반문하자 그는 차마 돌아보지 못했다.

어찌 됐건 자신이 준비한 일이고 차진호는 그것에 동조했을 뿐이었으니까.

계속해서 달려들지 않고 한 걸음 한 걸음 걸어오는 지악천의 모습에 불만을 드러낼 수밖에 없었다.

"정말 되는 게 없군."

그 말과 동시에 어쩔 수 없다는 듯이 강성중이 고갤 흔들 때 지악천의 시선이 그들이 아닌 다른 방향으로 향했다.

'하나는…… 제갈청운. 다른 한 명은 누구지?'

지악천은 빠르게 이곳으로 다가오는 두 개의 기척을 느꼈다.

그중 하나가 제갈청운이라는 것을 알았지만 다른 하나인 구지신개의 기척은 처음 느낀 기운이라 살짝 긴장했다.

"잠깐. 손님이 오는 모양이네."

그 말과 동시에 지악천이 기세를 풀자 강성중과 차진호 역시 무기를 내려뜨렸다.

그리고 잠시 후 제갈청운과 구지신개가 모습을 드러냈다.

지악천과 차진호를 제외한 모두가 구지신개를 알아보고 먼저 인사했다.

"구지신개 장로님이시군요."

하지만 그중 대표로 말하는 이는 제갈청하였다.

이 자리에서 배분으로 따지면 제갈청하가 가장 위에 있다고 할 수 있었다.

"흠."

구지신개는 제갈청하의 말에 가볍게 고갤 끄덕이는 동시에 자리에 있는 이들을 훑어봤다.

'대단하군. 저자가 지악천인가?'

구지신개는 단박에 불취개가 말했던 지악천을 알아봤다.

다른 이들은 어느 정도 수준을 느낄 수 있었지만, 지악천만큼은 느낄 수 없었으니까.

아주 쉬웠다.

구지신개는 단박에 지악천의 경지가 초절정의 끝에 다다랐다는 걸 알 수 있었다.

지악천이 화경의 경지였다면 불취개가 대수롭지 않게 생각하지 못했을 것이고 자신 또한 이런 식으로 접근하지 못했을 테니까.

"제갈 소저를 본 이후에 만나야 할 이들까지 전부 다 있군."

구지신개의 말에 다들 눈초리가 살짝 사나워졌다.

그런 그들의 모습에 구지신개가 능청스럽게 어깰 으쓱했다.

"걱정하지 말게나. 자네들을 어떻게 하겠다는 건 아니니. 그리고 보아하니 어찌하고 싶어도 그럴 수도 없는 것 같으니."

가벼운 미소까지 지으며 분위기를 풀려고 하는 그의 목소리에 지악천을 제외한 모두가 표정을 풀었다.

지악천은 안 그래도 보기만 해도 짜증나는 거지가 또다시 보이는 것이 마음에 들지 않았다.

'거지들과 무슨 악연이라도 있었나? 뭐만 하면 거지들이 툭툭 튀어나오네.'

대놓고 불쾌감을 드러내는 지악천의 모습에 구지신개는 그런 성향까지 전해 받았기에 아무렇지 않게 받아들였다.

정파 내에서도 종종 지악천 같은 이들이 종종 있었기에 그러려니 했다.

구지신개는 적대감까지는 아니어도 그 직전까지 있는 듯

한 지악천의 표정에 속으로 쓰게 웃었다.

'확실히 쉽지 않겠군.'

불쾌감을 숨기지 않는 지악천 때문에 다른 이들은 안절 부절못할 수밖에 없었다.

굳이 따지면 예의를 걷어차 버리고 이곳으로 온 것 자체가 구지신개의 잘못이라고 할 수 있었기 때문이다.

"볼일 다 보셨으면 가만 가 봐요. 거지 양반."

그만 가보라는 듯이 손을 내저으며 하는 지악천의 말에 다들 속으로 안도의 한숨을 쉬었다.

"어차피 만나보려고 했던 사람이 앞에 있는데 쉽게 갈 수 있겠는가. 어떤가? 나랑 잠시 얘길 나누겠는가?"

구지신개의 물음에 다들 긴장한 눈으로 지악천의 입만 바라봤다.

어지간하면 거절하지 않았으면 하는 표정이었다.

"거지랑 무슨 얘기가 필요하겠나. 거절하겠소. 그리고 가지 않겠다면 내가 가지. 불편한 사람이 움직이면 될 일이니."

단호한 거절과 함께 지악천이 움직이자 제갈 남매를 제외한 이들 전부 다 지악천을 따라서 움직였다.

물론 강성중과 후포성은 구지신개를 보며 가볍게 목례를 하고서 움직였다.

남은 제갈 남매는 왠지 모르게 구지신개의 눈치를 보고

있었다.

"하핫. 재미있는 청년이군."

구지신개가 가벼운 웃음과 함께 지악천에 대한 첫인상을 가볍게 뱉어냈다.

제갈청하의 표정은 그리 좋진 않았다.

구지신개는 인물에 대한 호기심이 강한 사람이라고 알려졌으니까 말이다.

"그런 표정 지을 필요는 없다네. 안 그래도 오는 길에 자네의 숙부에게 물어봤지만, 거절당했으니까. 하하하."

구지신개가 뭐가 그리 웃긴지 웃으면서 걷자 제갈 남매는 그의 뒤를 따라서 움직였다.

그 순간 불어오는 맞바람에 코를 부여잡으면서.

구지신개는 다시 제갈세가가 전세 낸 객잔으로 돌아오는 내내 지악천에 대해서 떠올렸다.

이곳저곳에서 주워들은 극히 부족한 정보 속에 최대한 많은 것을 뽑아낼 생각인 모양이었다.

'흐음, 기연을 통해서 그만한 성장을 이뤄냈다는 것 자체가 흥미롭긴 한데…… 하필이면 남악이군. 공교롭군. 그렇다고 해서 쉽게 물어볼 수 있는 것도 아니고… 참으로 답답하군.'

구지신개는 지악천이 얻었다는 기연이 뭔지 아는 듯했지만 확신하진 못했다.

'그것이 이런 성장을 보장한다는 것 자체가 미지수이니 어떻게 해볼 수가 없군.'

이게 그의 선택은 자신의 뒤에 있는 제갈청하에게 달려 있었다.

자신을 잘 아는 제갈청하가 자신에게 얼마나 많은 정보를 제공할 것인지가 말이다.

먼저 자리를 뜬 지악천과 일행들은 바로 현청으로 돌아왔다.

"강 형. 그 거지는 누구야?"

물론 지악천 역시 구지신개라고 들었지만, 강성중에게 묻는 것은 이름이 아니었다.

"아, 개방의 장로. 물론 조금 특이한 이력을 가지신 분이긴 하지. 원로원에 들어갈 배분인데 그렇지 않고 장로직을 유지하는 분이거든."

그렇게 설명했지만 지악천은 역시나 그다지 이해되는 표정은 아니었다.

"쩝, 너무 그런 표정 하지 마라. 그분은 평판 자체가 용개 장로와는 다른 사람이니까."

그런 강성중의 말에도 지악천은 시큰둥한 표정으로 말했다.

"그래봤자. 거지가 거지지. 뭐가 달라지나."

강성중은 지악천의 말에 그저 그냥 넘어가길 바랐다.

"아니, 지 포두님. 그분은 그냥 막 넘어갈 수준이 아니라니까요. 구지신개 그분은 아주 의협심이 넘치고 좋은 일도 많이 하시는 분이라니까요. 제가 낭인으로 다니면서 사파에서도 구지신개를 욕하는 놈은 본 적이 없을 정돕니다."

후포성의 말에 시큰둥하던 표정이 살짝 깨졌다.

"그래서 뭐? 나보고 예의라도 차리라고? 알지도 못하는 거지에게? 내가 그 사람의 허물을 보고 첫인상을 내릴 순 있어. 하지만 그 판단을 바꿀 수 있는 건 그 장본인과 나지 주변의 사람이 아니야. 알겠어? 이래라저래라 하지 마. 그리고 첫 대면부터 안 좋은 인식을 심어준 건 어김없이 당사자인 거지 양반이니까."

지악천의 날선 목소리에 후포성이 고갤 푹 숙였다.

후포성의 말도 틀리지 않지만 이 상황에선 지악천이 말이 더 맞아떨어졌다.

나이와 배분을 떠나서 기본적으로 지켜야 할 선이 있는데 그것을 넘은 것은 분명 구지신개였다.

그만한 무인이라면 그들이 있던 장소에서 대련이 이뤄지고 있다는 것쯤은 알고 있었을 텐데 나타나면서도 아무렇지도 않다는 얼굴이었고 제대로 된 사과조차 없었긴 했으니까.

"그리고 당신도 그 거지와 첫 대면 아니야? 뭘 그리 편을 들어? 그놈의 배분이 문제야?"

"······."

지악천의 물음에 강성중과 후포성은 별다른 말이 없었다.

타인의 배분을 존중하기에는 그들에게 주어질 배분은 한없이 초라했다.

강성중이야 자신의 명성과 직책을 언급할 순 없었고, 후포성은 그나마 전귀라는 이름이 조금 알려진 수준에 불과했다.

물론 이런 것은 지악천이 이해하기에는 조금은 무리가 있었다.

차라리 나이 먹은 어른이니 대우를 해주는 게 어떻겠냐고 했다면 더 통했을지도 모를 일이었다.

"어휴, 됐어. 강 형은 슬슬 가봐야겠지?"

강성중이 정기적으로 움직이는 시간이라는 것을 인지한 지악천이 자리를 파했다.

구지신개는 객잔으로 돌아와 차를 홀짝거리고 있었다.

그리고 그의 앞에는 제갈청하가 그녀답지 않게 다소곳하게 앉아 있었다.

"확실히 오랜만이긴 하네. 5년여 만인가?"

"예. 맞습니다."

"하긴, 네 아비, 아니, 가주와 같이 와서 봤던 것이 엊그제 같은데 벌써 그렇게 됐구나."

호로록.

그 말을 끝으로 짧은 침묵이 맴돌았다.

하지만 그 짧은 침묵을 깬 것은 구지신개였다.

"그래. 내 숙부가 얘기하진 않았지만, 대충 감이 오긴 하더구나. 저만한 무위에 오르는데 고작 1년 남짓이라지? 대단하지. 거기다 관을 제외하면 어디에도 속하지 않은 사람이기도 하고 또한 관이라고 해봤자 영향력이 거의 없는 현청의 포두. 참으로 좋지 않은가. 조금만 흔들면 그까짓 포두 직이야 얼마든지 그만둘 수 있고 제갈세가에는 인연도 있지. 식객이 될 수도 있지만, 그 말고도 많은 경우의 수가 얼마든지 있으니까."

그 말과 동시에 구지신개가 거뭇거뭇한 얼굴로 물끄러미 제갈청하를 바라봤지만, 그녀는 침묵했다.

"……"

"네가 말하지 않아도 어차피 그도 충분히 예상하지 않겠더냐? 용개나 불취개가 말한 대로라면 꽤나 똑똑한 사람인 거 같던데 말이야. 그도 이미 알고 있지 않겠더냐."

"글쎄요. 저는 지시 받은 대로 움직일 뿐이에요. 세가의 계획을 제가 알 리가 없잖아요?"

제갈청하의 말에 구지신개는 가볍게 미소를 지었다.

기본적으로 여아에게 박한 것이 사실이기에 그녀의 말이 틀리지 않을 수도 있었다.

하지만 자신이 아는 제갈세가의 가주인 제갈승후는 그런 사람이 아니었다.

무골(武骨)인 제갈청하에게 투자하기를 주저할 정도로 인색한 사람이 아니었다.

'그리고 그 투자를 남의 입에 넣을 리도 없지.'

구지신개는 제갈승후가 더 찬란한 미래를 꿈꾸기 위해서 그녀를 위해 데릴사위를 만들어오는 것도 서슴지 않을 것이란 것을 알고 있었다.

그랬기에 지금까지 그녀가 수많은 혼처를 걷어찰 때도 제갈승후는 그녀에게 강요하지 않고 그저 가만히 있었으니까 말이다.

"그래. 그렇기도 하겠구나. 아무튼, 내가 이곳에 온 이유는 대충 짐작하고 있겠지?"

그 말에 제갈청하가 고갤 끄덕였다.

"그래. 짐작하듯이 그 지악천이라는 포두를 조사하고자 하는데 도와주겠니? 아니면 방관할 것이더냐? 나는 이왕이면 도와주고 일찍 끝냈으면 좋겠구나. 요즘 내가 급한 일이 한두 개가 아니라서 말이야."

구지신개의 말에 제갈청하는 침묵했다.

그것은 그녀가 결정할 사안이 아니었다.

지악천

어차피 그녀의 선택은 의미 없으니까.

그녀가 뭘 선택해도 구지신개는 움직일 테니까.

"일단 세가에 연락해보겠습니다."

원론적인 답에 구지신개는 가벼운 미소를 지었다.

"알겠다. 너는 그렇게 해라. 일단 나는 나대로 움직일 테니."

구지신개는 어차피 정했던 그대로 움직인다는 말이 끝나기 무섭게 자리에서 일어났다.

"그만 가보마."

"예. 후에 연락드리겠습니다."

그렇게 객잔 밖까지 구지신개를 배웅한 제갈청하의 표정은 겉으로는 내색하지 않았지만 싸늘했다.

"세가에 연락하세요. 구지신개 장로께서 지 포두님에 대해서 조사를 시작했다고. 그리고 지 포두님에게도 전해요. 아니, 제가 직접 가죠."

그 말을 끝으로 제갈청하는 서둘러 나가려고 했지만 뒤에서 자신을 부르는 목소리에 멈춰 섰다.

"누님!"

"왜?"

"아니, 너무 서두르는 거 아닙니까? 아무리 지 포두님이 중요인물이긴 하지만…… 구지신개님의 심기를 거스르는 것이 아닌가 싶은데…….."

"괜찮아. 그러라고 붙잡고 얘길 하신 거니까."

"예? 그게 무슨?"

"애초에 신중하게 조사하고 싶으셨다면 우리에게 알리지도 않았을 테니까. 그리고 숙부님에게 연락했다는 말은 곧 숙부에게 연락이 올 거란 뜻이야. 그리고 우리가 어떻게 행동하는 지까지 지켜보겠다는 의미와 같아. 한 방향으로 가기로 한 이상, 지 포두님을 챙기는 방향으로 가는 게 맞고."

"아."

"그러니까. 너는 기다리고 있다가 내가 자릴 비운 사이에 세가나 숙부님에게 연락이 오면 바로 알려줘."

그 말을 끝으로 그녀는 제갈청운의 대답도 듣지 않고 곧장 빠져나갔다.

같은 시각 강성중은 구지신개를 마주한 다음부터 살짝 심란한 표정을 하고 있었다.

'구지신개 장로가 온 이유는 뻔하다. 불취개왕의 전언이 있었겠지. 사람과 정보를 판별하는데 구지신개 장로만 한 사람도 없을 테니까. 하지만 이렇게 대놓고 움직일 거란 생각은 못 했는데 말이야. 역시는 역시인가? 아니면 정체를 드러낸 게 문제였을까?'

강성중은 구지신개가 이곳으로 온 이유에 상당한 지분이

자신에게도 있다고 생각했다.

물론 실제로도 그런 지분이 없진 않았지만, 그의 생각만큼 크진 않았다.

강성중을 마주한 구지신개는 그에게 그다지 관심이 없었으니까 말이다.

'일단 보고를 올리고……?'

전서를 준비하려고 하는 순간 익숙한 전서구가 날아들었다.

그 전서를 보낸 사람은 제갈군이었다.

'…… 군사께선 알고 계셨군.'

제갈군이 보낸 전서에는 구지신개가 지악천에 대해서 문의했다는 것과 그것을 거절했다는 이야기가 적혀 있었고, 이후에 구지신개가 남악에 왔을 때를 대비한 방법이 몇 가지 적혀 있었다.

하지만 이미 구지신개가 모습을 드러낸 상태에서 도움이 될 만한 방법은 한 가지뿐이었다.

'일단 적혀 있는 대로 하고 나머지는 임기응변으로 대처해야겠군.'

생각을 정리한 강성중은 빠르게 구지신개가 이미 남악에 왔다는 것과 여러 가지를 써 내려간 후에 그 전서를 날려 보냈다.

'아마도 제갈 남매도 소식을 전혀 받았다면 이미 움직이

고 있겠지. 일단 제갈 소저와 얘길 나눠 봐야겠다.'

자리에서 일어난 강성중은 곧장 그들이 묵고 있는 객잔으로 향했다.

하지만 객잔으로 향한 강성중이 만난 이는 제갈청하가 아닌 제갈청운이었다.

제갈청운 역시 강성중과 같이 전서를 전해 받고 제갈청하에게로 가려고 했던 모양이었다.

"제갈 소협. 제갈 소저를 뵐까 하는데……."

"어, 그게, 누님께선 지 포두를 만나러 갔습니다. 혹시?"

머릴 긁적이며 말하는 제갈청운을 보며 강성중이 고갤 끄덕였다.

"맞습니다. 일단 같이 가죠."

그렇게 강성중과 제갈청운이 빠르게 움직였다.

본래 급하게 움직일 일은 아니었지만 왠지 모르게 그들의 마음은 급해져 있었다.

먼저 지악천을 만나기 위해서 움직였던 제갈청하의 앞에는 구지신개가 가로막고 있었다.

"어딜 가려고 하느냐?"

"그건……."

"그에게 내가 그를 조사한다고 말해주려고 하더냐? 뭐, 알려줘도 그다지 상관없는 일이긴 하지. 어차피 난 그에 대해서 모든 걸 조사하려고 하니까 말이다."

말로만 하라고 하지, 사실상 말하지 말란 말과 다름없었다.

"……."

그때 강성중과 제갈청운이 다가오고 있었다.

그들은 길 한가운데서 마주한 제갈청하와 구지신개를 볼 수 있었다.

―일단 구지신개 장로는 내가 데려갈 테니 제갈 소협은 제갈 소저를 데리고 돌아가시게. 그리고 소저에게 서신을 보여주게나. 후에 다시 내가 들르겠네.

강성중의 전음에 제갈청운이 가볍게 고갤 끄덕였다.

강성중과 제갈청운은 빠르게 앞에 있는 둘에게 다가갔다.

"아이고 구지신개 장로님. 마침 이렇게 뵙는군요."

"누님!"

강성중과 제갈청운은 동시에 그들을 불렀다.

구지신개는 강성중을 향해서 고갤 돌리더니 이내 흥미로운 표정을 바라봤다.

그리고 제갈청하는 제갈청운에게 전음을 날렸다.

―왜 왔어?

―숙부님과 세가에서 전서가 왔어요. 일단 강 대협이 시간을 끄는 사이에 돌아가죠. 그렇게 하기로 했으니까.

제갈청운의 말에 그녀는 묻고 싶은 것들이 있었지만, 이

자리에서 하기에는 적절하지 않기에 구지신개를 바라보며 말했다.

"급한 일이 있어서 먼저 돌아가야겠습니다. 구지신개 장로님. 나중에 다시 뵙겠습니다."

지악천을 만나지 말라고 막고 있던 구지신개의 입장으로선 돌아가겠다는 제갈청하를 붙잡을 마땅한 방법이 없었기에 가볍게 고갤 끄덕였고 다시금 강성중을 바라봤다.

그 모습에 제갈청하는 제갈청운과 함께 길을 되돌아갔다.

그러자 이 자리에 남은 강성중이 입을 열었다.

"궁금한 것이 있으시다고 알고 있습니다. 일단 자리를 옮겨도 괜찮겠습니까?"

강성중의 말에 구지신개는 그를 물끄러미 보다가 이내 고갤 끄덕였다.

"흐음. 좋지. 밥도 실컷 먹었고 차도 실컷 마셨으니 한적한 곳으로 가세나."

인적이 드문 곳으로 가자는 말에 강성중은 일말의 망설임도 없이 답했다.

"알겠습니다."

* * *

다음 날 지악천은 일정대로 순찰하기 위해서 아침부터 현청을 빠져나왔다.

'흐음······.'

현청에서 나오기 무섭게 달라붙은 시선에 귀찮음을 느꼈지만, 원래의 순찰로대로 움직여야 했기에 일단 참았다.

하지만 그 참을성도 너무나도 대놓고 지켜보는 시선엔 무기력할 수밖에 없었다.

"하······ 거기 거지. 할 말 있으면 나와. 아니면 꺼져. 귀찮게 따라다니지 말고."

잘 가던 길 한가운데서 돌아선 상태로 정말 귀찮다는 기색을 풀풀 풍기는 지악천의 말에 구지신개가 너털웃음을 흘리며 모습을 드러냈다.

"하하하. 내가 귀찮게 했다니 참으로 미안하구먼."

"미안한 줄 안다면 그만 꺼지든가. 당신 같은 거지에게 신경 쓸 시간 따윈 없으니까."

"흘흘. 그렇다면 서로 귀찮음을 덜 수 있게 잠시 시간을 내주겠는가? 내가 자네에게 아주 관심이 많으니."

"쯧. 조용한 곳으로 가지."

실실 웃는 구지신개의 말에 지악천은 혀를 차며 고갤 움직였다.

그렇게 원치 않게 순찰로를 벗어나 조용한 성벽 인근에 도착한 지악천이 돌아서서 뒤따라온 구지신개를 바라봤다.

"그 용개라고 했던 거지도 그렇고 불취개라고 하던 거지도 그렇고 왜 사람을 귀찮게 하는지. 그냥 빨리 뭘 알고 싶은지 말해."

"그렇지. 그런데 그 전에 한 가지 묻고 싶은데 말이야. 괜찮겠나?"

그 말에 지악천은 대답하기도 귀찮다는 듯이 손을 흔들었다.

"왜 그리 개방을 싫어하는가?"

"개방을 싫어하는 게 아니고 '거지' 자체를 싫어하는 거지. 그리고 무언가를 싫어하는데 이유가 필요하다면 얼마든지 붙여줄 수 있고."

지악천의 목소리에 묻어나는 감정은 적개심까진 아니더라도 진심으로 싫어한다는 것을 느낄 수 있을 정도였다.

"그렇군. 알겠네. 뭐, 거지를 싫어할 수 있지. 거지를 좋아하는 이들이 많지도 않겠지만."

구지신개는 이렇게 대놓고 싫어하는 티를 팍팍 내는 경우는 많이 보진 못했지만, 종종 보긴 했다.

그게 거지라는 신분이 가진 한계라는 걸 알기에 탓할 생각은 없었다.

하지만 제아무리 산전수전을 다 겪었던 구지신개라도 감정이 상하는 것은 어쩔 수 없었다.

"서로 얼굴 붉히고 얘기하고 싶은 생각은 없으니까 빨리 묻고 싶은 거나 물어보고 사라져. 이쪽은 거지라면 보고만 있어도 솟구쳐 오르는 짜증을 참고 있으니까.”

심기가 썩 좋지 않은 구지신개 역시 서둘러 자릴 끝내고 싶었다.

“단도직입적으로 묻지. 자네는 어디서 어떤 기연을 얻었는가? 그것만 알려준다면 순순히 물러나겠네.”

“그건 왜 묻지?”

“이유는 묻지 말고, 그냥 답만 해주게나.”

차마 이상한 구슬 때문에 얻은 기연을 말할 수 없기에 일전에 형산에서 우연히 얻은 기연에 대해서 짤막하게 말했다.

“형산에서 운봉무쇄(雲封霧鎖)를 뚫고 정상으로 가려 했는데 운무(雲霧) 속에서 헤매다가 우연히 주워들은 뭔지 알 수 없는 식물을 주워 먹었을 뿐.”

지악천이 운무라고 하는 순간 구지신개의 눈이 한순간 날카롭게 변했지만, 지악천은 그걸 보지 못했다.

“혹시 그곳으로 안내해줄 수 있겠는가?”

환상운무진(幻想雲霧陳)이 있는 곳을 알지만, 굳이 가고 싶은 마음은 없었다.

이미 그곳에서 빠져나올 때 전부 다 뒤졌다고 생각했으니까.

굳이 시간 낭비할 생각은 없었다.

그것도 거지 때문에 움직일 생각은 추호도 없었다.

"거절하지. 굳이 그렇게 낭비할 시간은 없으니까."

단호한 거절에 구지신개는 굳이 억지 부리지 않았다.

'기대하지 않았다. 하지만……'

생각을 이어가는 순간에도 그는 지악천을 보고 있었다.

'눈을 떼지 말아야 할 이유가 더 생겼군. 당사자가 그리 좋아하진 않겠지만. 그리고 지원도 필요하고.'

빠르게 생각을 정리한 구지신개는 그만 물러나겠다는 듯이 가볍게 양손을 들었다.

"알겠네. 그리하지. 어지간하면 자네 눈에 띌 일은 없을 거네. 어지간하면 말이지."

확답을 내놓지 않는 그의 말에 지악천이 눈살을 찌푸렸지만, 구지신개는 그다지 신경 쓰지 않는 듯했다.

그렇게 구지신개가 떠난 자리에 홀로 남은 지악천은 뒤를 덜 닦은 듯한 찝찝한 얼굴을 하고 있었다.

"도대체 무슨 생각인 거야?"

순찰을 끝내고 여느 때처럼 점심을 먹기 위해서 백촉과 함께 단골 객잔에 들른 지악천은 자신을 기다리고 있는 듯한 느낌을 풍기는 제갈청하와 강성중을 바라봤다.

"어제 얘기하지 않았나? 걱정하지 않아도 된다니까."

"미양!"

"그래그래. 알겠다. 일단 들어가지. 제갈 소저도."

배고프다고 보채는 백촉의 울음에 지악천이 일단 안에 들어가서 얘기하자고 말했다.

둘 다 따라서 안으로 들어갔다.

결국, 평소에 앉던 자리가 아닌 방을 따로 잡은 지악천은 둘을 보며 말했다.

"강 형이 어제 그랬잖아. 구지신개인가 하는 거지에게 심하게 막대하지 말라며? 그래서 나름대로 점잖게 해줬어. 그리고 그 거지도 불쾌해하는 기색은 있었지만, 그렇다고 딱히 물러설 기미도 없었고, 궁금하다는 게 있다고 하길래 나름대로 답해줬고."

귀찮음이 철철 묻어나는 지악천의 말에 강성중과 제갈청하가 쓴웃음을 입가에 띠었다.

"알아요. 지 포두님께서 거지를 싫어한다는 걸. 그분에게 충분히 알렸고 그분이 이미 앞선 두 분에게 들은 것도 있으실 테니까요. 그분이 제갈세가가 왜 지 포두님의 모든 것에 대한 궁금증을 품으신 것 같아요. 숙부님에게 지 포두님에 대한 것을 요청했다가 거절당하셨다고 스스로 말도 하셨어요."

"그래서 본인이 직접 조사하고 있다? 그런 것치고는 관심이 너무 과하던데요?"

"뭐, 그분이 조사, 탐색 쪽으로는 악명이 있긴 해요. 지독하게 파고들거든요. 그래서 세가와 숙부께서도 우려하는 부분도 있고요."

"우려될 만한 문제가 있습니까?"

"뭐, 꼬투리 잡으려고 한다면 안 잡힐 순 없다는 정도겠지요. 일전에 암상과 흑연의 문제도 그렇고 사소한 문제 하나를 찾으면 크게 부풀리는 것은 일도 아니니까요."

제갈청하의 말에 강성중 역시 동의한다는 듯이 고갤 끄덕였다.

"제갈 소저의 말이 맞아. 너도 포두 일을 하니까 알겠지만, 작은 단서가 오히려 크게 보일 때도 있잖아? 그런 경우지. 다만, 이쪽은 관이랑 다르게 명분과 이익 관계가 서로 얽혀 있다는 거지만."

"그 말은 결국엔 그 거지가 나와 제갈세가 또는 강 형과의 관계를 뒤적거려서 뭔가를 찾으려 한다는 말인데? 그런 게 있나? 그리고 오히려 흑연 일은 개방이 도움을 받아간 상황인데 웃기네."

말하는 지악천은 어이가 없다는 표정을 지었다.

"아니면, 그때 용개라고 했던 거지가 내게 약속했던 것들을 모르쇠로 일관하려고 뭔가 꼬투리를 잡으려고 하는 건가?"

"그건 아닐 거다. 그건 너와 용개 장로님의 개인적인 약속이라고 봐야 하니까. 굳이 그러진 않겠지."

"하지만 확신하진 못하겠지?"

"뭐… 그렇긴 하지. 하지만 구지신개 장로가 그렇게 쪼잔한 사람도 아니다. 용개 장로완 다르게."

"그거야 두고 보면 알겠지. 아무튼, 강 형과 제갈 소저의 말대로 할 겁니다. 다만 건드리지만 않으면. 본인 스스로가 어지간하면 마주칠 일 없을 거라 했으니까. 나도 그렇게 할 겁니다. 그거면 됐죠?"

지악천의 말에 제갈청하는 알겠다는 듯이 고갤 끄덕였다.

"예. 그리고 만약에라도 그런 일이 생긴다면 일단 한 번은 참고 저에게 말해주세요."

제갈청하 역시 지악천과 구지신개가 싸우지 않았으면 했고 이미 세가에선 구지신개와 접촉을 최소화하라고 왔기에 그녀가 할 수 있는 일은 이 정도가 전부였다.

"뭐, 그렇게 하죠. 이미 몇 번이나 참았는데 한 번 더 참죠. 근데 어쩔 겁니까? 그 사람 꼴을 보니 대충하고 물러날 사람은 아닌 거 같은데 그렇지 않아?"

지악천의 마지막 물음은 강성중을 향했다.

"으음, 그렇긴 한데…… 그래도 말이지."

강성중의 말이 무슨 뜻인지 이해한 지악천이 가볍게 고갤 끄덕였다.

"알겠어. 알았으니까 그만합시다. 일단은 장단에 맞춰 줄 테니까."

지악천은 자신이 굽히지 않으면 계속해서 같은 얘기가
이어질 것 같았기에 자신이 한발 물러섰다.

　강성중과 제갈청하에겐 자신보다 구지신개가 더 어려운
상대였으니까 말이다.

　"밥이나 먹고 각자 할 일이나 하러 갑시다. 특히 강 형은
그러고 있을 시간도 없는데 말이야. 안 그래? 강 형?"

　지악천의 장난기 가득한 미소를 본 강성중은 눈이 커졌
다.

　"야, 아니, 그래도 그건 아니지! 공과 사는 구분해야지?
안 그래?"

　"누가 뭐래? 내가 뭘 한다고 하지도 않았는데 왜 그래?
어차피 오늘은 후포성이 먼저인데."

　말을 하는 지악천의 입가에 미소는 사라지지 않았다.

　그런 그 미소를 보고 있는 강성중의 관자놀이를 타고 식
은땀 흘러내렸다.

　한편 지악천과 대화 후 자리를 먼저 벗어나 거지 굴로 돌
아온 구지신개의 표정은 심각했다.

　"흐음…… 이걸 알려야 하나? 아니면 일단 지켜봐야 하
나? 그건 그렇고 참으로 공교롭군. 하필이면 예상되는 이
가 관인이라니 참으로 공교롭구나. 그렇긴 해도 일단은 사
마외도(邪魔外道)와 연관이 없다는 것만으로도 썩 나쁘진

않은데 아직은 확신하긴 애매하구나. 설마 그 녀석이 먼저 알았을까? 아니, 아니지. 그렇다면 저렇게 둘 리가 없지. 아니면 녀석도 확신하지 못한 것뿐인가?"

구지신개는 무엇 하나 확신할 수 없었다.

하지만 심증은 굳혔다.

지악천이 형산에서 기연을 얻었다는 것.

그리고 엄청난 속도로 강해지고 있다는 것이 그의 심증을 굳히게 했다.

'일단 좀 더 지켜보고 다른 이들에게 연락해야겠다. 그들의 의견을 모아서 결정해야 할 문제겠지.'

생각을 정리한 구지신개는 다시 거지 굴을 빠져나갔다.

"미야야양."

숲으로 온 지악천을 따라온 백촉은 나무 위로 올라가 늘어지게 하품을 하면서 그가 있는 곳을 지켜보고 있었다.

지악천은 그런 백촉의 하품을 애써 무시하면서 후포성을 연신 두들기고 있었다.

"여기도 빈틈! 여기도! 여기도 있네! 정신 똑바로 안 차리지?!"

투투툭!

물론 주먹에 힘을 빼고 두들겼기에 고통은 크지 않지만, 그래도 두들겨 맞는 입장으로선 썩 좋은 기분은 아니었다.

뭐만 하려고 하면 귀신같이 지악천의 주먹이 반 줌이라는 사실이 더 짜증스럽게 다가왔지만, 그런 말을 하면 자신만 손해라는 걸 알기에 꾹 참고 어떻게든 반격하려고 애쓰고 있었다.

그리고 그런 지악천과 후포성을 바라보고 있던 차진호가 옆에 있는 강성중에게 물었다.

"강 형. 오늘 포두님 누가 긁었습니까? 왜 저래요?"

차진호는 지악천의 태도만 보고도 그의 심기가 아주아주 불쾌하다는 걸 느꼈다.

"뭐, 그럴 일이 있긴 했어. 일단 대충 무마하긴 했지만, 며칠 같은 저럴 거 같아."

강성중의 말에 차진호가 눈살을 찌푸렸다.

"아니, 설마 어제 봤던 거지 때문에?"

"어…… 뭐, 그렇긴 한데 쩝. 아니다. 슬슬 끝나는 거 같은데 준비해야지?"

말을 할듯하다가 하지 않고 슬슬 끝나가는 대련상황을 말하자 차진호가 풀 죽은 모습을 했다.

"하아…… 진짜 하기 싫다."

강성중의 말에 거의 맥도 못 추고 있는 후포성의 모습을 본 차진호가 고개를 떨궜다.

퍽.

데구르르.

차진호가 고갤 떨구는 순간 지악천의 가볍게 쥐고 있던 주먹이 후포성의 빈틈을 뚫고 복부를 쳐내며 뒤로 밀어냈다.

"크핫!"

바닥을 구른 후포성이 그대로 드러누워 숨을 토해냈다.

"쯧, 빈틈이 너무 많잖아. 여전히 동작도 커. 그리고 좀 더 간결해야 한다니까?"

후포성이 비록 낭인 출신이지만 무재가 부족하진 않았다.

그렇지 않다면 어찌 절정에 닿았겠는가.

다만, 오랜 세월 동안 익숙해진 동작을 고치는 게 쉽지 않을 뿐이었다.

거기다 기분이 썩 좋지 않은 지악천이 강하게 몰아붙이니 정신이 없었다.

'후우, 씨발! 나도 알아 안다고! 알아!'

마음속 깊은 곳에서 솟구쳐 오르는 욕이 입 밖으로 나오려고 하는 걸 가까스로 억누른 후포성은 그대로 고갤 떨궜다.

반격의 의사가 없어 보이는 후포성의 모습에 지악천은 다소 실망스러운 얼굴로 말했다.

"가봐, 그리고 이제 슬슬 달라진 모습을 보여줄 때라는 걸 잊지 말고."

지악천의 말에 후포성은 호흡을 크게 들이마시며 힘없이 터덜터덜 강성중과 차진호가 있는 곳으로 향했다.

"차진호…… 말고! 강 형!"

"뭐?! 나? 아직 내 차례가 아니…….."

"아, 됐고! 그냥 와!"

지악천은 듣기 싫다는 듯이 손을 내저으며 말하자 강성중은 인상을 찌푸렸고 그 옆에 있던 차진호는 두 손을 불끈 쥐었다.

하지만 불끈 쥔 그의 표정은 안타깝다는 표정을 하고 있었다.

"고생하세요."

"그런 소릴 할 거면 불끈 쥔 손이나 풀고 해. 어휴."

"크흠."

강성중의 말에 차진호는 살짝 민망한지 애써 고갤 돌렸지만, 돌아간 그의 입꼬리가 살짝 움찔거리고 있었다.

매도 먼저 맞는 것이 낫다곤 하지만, 그건 어디까지나 한 번이지 거의 매일 이러면 조금이라도 늦게 마주하는 게 나았다.

적어도 앞 사람들이 고생을 다 해줄 테니까 말이다.

그렇게 터덜터덜 다소 힘겹게 자신을 지나쳐가는 후포성이 작게 달싹였다.

"오늘 기분이 좋아 보이지 않아요."

거의 매일 같이 두들겨 맞는 처지라서 그런지 자신을 두들기는 지악천의 감정을 느낄 수 있었다.

물론 정확한 것은 아니었다.

지악천이 바보도 아니고 상관없는 사람에게 감정을 실을 필요가 없으니까 말이다.

하지만 그것도 누적되다 보면 자연스럽게 스며드는 감정은 숨길 수가 없는 법이었다.

아무리 초절정 고수라고 해도 감정을 계속해서 삭힐 수는 없었다.

이 부분만큼은 지악천이 소림에 입적한다고 해도 당장은 쉽지 않은 일이었다.

그만큼 감정을 다스린다는 것은 꾸준하고 오랫동안 심신 안정과 자기성찰을 해야 한다.

하지만 지악천은 그러한 과정을 사실상 단 한 번도 겪어 보거나 해본 적 자체가 없었으니까 말이다.

"강 형. 얼굴 펴. 누가 잡아먹어? 강 형도 동의한 거잖아. 그러니까 집중하고 즐기라고."

지악천의 말에 강성중의 표정이 더 안 좋아졌다.

"준비 시간이 따로 필요해?"

강성중의 표정이 전혀 좋아질 기미가 없어 보이기에 지악천은 더 말을 할 필요성을 느끼지 못했다.

"아니."

강성중의 말과 동시에 자세를 잡자 지악천 역시 자세를 잡았다.

절정인 후포성과는 다르게 강성중은 거의 초절정에 근접했기에 그를 상대할 때는 긴장감을 끌어올릴 필요가 있었다.

물론 전력을 다한다면 압도적으로 이기겠지만, 대련에 그럴 수는 없는 노릇이었다.

그렇게 대련이 시작하기 무섭게 강성중은 이전과는 다르게 조심스러웠다.

하지만 그런 그의 모습에 썩 만족스럽지 않은 지악천이 가볍게 도발했다.

"강 형. 그렇게 뭉그적거리면 언제 초절정으로 올라설 수 있겠어?"

지악천의 말에 조심스럽게 움직이던 강성중의 눈빛이 돌변했다.

펑!

돌변한 강성중이 단박에 땅을 박차고 빠르게 지악천을 향해서 달려들기 시작했다.

한편 한창 그들이 대련 중일 때 구지신개는 다시금 제갈청하를 찾아왔다.

"제갈수(諸葛修). 고놈과 연락할 수 있더냐?"

"예?"

뜬금없이 찾아와 의외의 이름을 말하는 구지신개의 물음에 제갈청하가 도리어 당황했다.

"제갈수. 네 작은 숙부 말이다."

"아니, 아니지. 숙부는 왜?"

"왜긴. 볼일이 있으니까 연락을 하라는 거지. 내가 연락을 취하는 것보다 네가 빠를 테니까."

"그거야……."

너무나도 당연하다는 듯한 구지신개의 말에 제갈청하는 부정할 수 없었다.

얼핏 듣는다면 개방보다 빠른 연락망을 가졌다고 말을 하는 것처럼 들리겠지만, 그렇게 말하진 않았다.

시간 차이는 그다지 많이 나진 않을 것이 분명했다.

단지 구지신개는 당장 제갈수가 어디에 있는지 모르기에 제갈세가의 연락망을 통하겠다는 뜻이었다.

그러면 당연히 개방보다 더 빠르게 연락이 닿을 테니까.

제갈수가 어디에 있든지 말이다.

"혹시…… 실례가 안 된다면 무슨 용건인지 물어도 되겠습니까?"

"별일은 아니고 네 숙부와 상의할 일이 좀 있어서 그러니 일단 연락만 넣어다오. 그가 거부한다면 그렇게라도 알고 있으면 되니까."

"단지 그것뿐입니까?"

"그래. 서신으로 상의할 만한 내용의 일이 아니기에 얼굴 보고 얘기할까 한다."

"……."

구지신개의 말에 제갈청하는 그를 앞에 두고 잠시 생각에 빠졌다.

'대외활동을 많이 하지 않는 작은 숙부께서 언제 구지신개 장로와 친분을 쌓으신 거지? 그것도 따로 연락할 정도로?'

나름대로 빠르게 머릴 굴렸지만, 마뜩한 답을 찾아내진 못했다.

그리고 구지신개는 그렇게 생각에 빠져 자신과 제갈수의 관계에 대해서 답을 찾아보려고 하는 제갈청하를 보며 슬며시 미소를 지었다.

"일단 이 서신을 녀석에게 보내주면 된다. 그러면 녀석이 알아서 결정할 테니까. 그럼 이만 가보마. 나중에 또 보자꾸나."

그 말을 끝으로 전서구에 보낼 수 있게 준비된 밀봉된 서신을 제갈청하의 앞에 둔 채로 구지신개가 자리에서 일어나 밖으로 나가기 무섭게 몸을 날려 빠르게 사라졌다.

그런 구지신개의 뒷모습을 그가 건넨 서신을 든 상태로 멍하니 바라보던 제갈청하는 대기하고 있던 청룡대원에게 다가갔다.

"제갈수 장로님에게."

구지신개의 서신을 건넨 후에도 계속해서 그와 숙부의 관계를 유추해봤지만, 좀처럼 답이 나오지 않았다.

성벽 외곽으로 빠져나온 구지신개는 이전에 지악천과 일행들이 대련하고 있는 걸 봤기에 그곳으로 향했다.

그리고 얼마 지나지 않아서 수십 년 동안 단련된 그의 청각에 소리가 들려왔다.

'여전히 같은 곳이군. 조심성이 없…… 아니, 부족한 건가?'

무공을 익히지 않은 이들에겐 보이지도 않을 그들의 모습을 구지신개는 또렷하게 확인했다.

구지신개는 일단 계속해서 이어지는 지악천과 강성중의 대련을 멀리서 지켜봤다.

물론 그 역시 이런 행위가 용서받을 만한 행위가 아닌 줄은 알지만, 지악천에게서 관심을 쉽게 끊을 수가 없었다.

'……가히 압도적이라고 할 수 있겠군. 정말 누군가에게 사사 받지 않았다는 게 이해되지 않을 정도군.'

아무리 경지의 단계 차이가 있다곤 하지만, 많은 내공을 쓰지 않는 상황에도 한 치의 밀림도 없이 오히려 밀어붙이는 지악천의 모습이 이상하게 느껴질 정도였다.

왠지 모를 노련함이 묻어나 있었다.

'1년 사이에 급상승했다는 경지에 어울리지 않는 노련함이야. 도대체 무슨 일을 겪은 거지?'

그 이유는 구지신개가 감히 생각할 수 없는 경험이었다.

그것은 바로 '죽음'이었다.

구지신개는 계속해서 능수능란하게 강성중을 요리하는 지악천을 모습을 계속해서 지켜보고 있었다.

강성중이 유려하게 반격을 하는 와중에도 막아내는 지악천의 모습은 구지신개의 시선에는 경이롭기 그지없을 정도였다.

'대단하군. 무슨 무공을 익혔는지는 모르겠지만… 전혀 군더더기가 없다곤 할 순 없지만, 그것이 문제가 될 수준은 아니군. 오히려 모르는 사람이라면 반대로 빈틈을 유도한다고 생각할 수도 있을 정도군.'

그렇게 생각하고 있을 때 강성중과의 대련이 끝났는지 그가 뒤로 빠지고 봉을 들고 있는 차진호가 걸어 올라가고 있었다.

그리고 그런 차진호를 보는 구지신개의 눈에는 의문이 일었다.

'뭐지?'

구지신개의 눈에 비친 차진호는 무인이 아니었다.

일반적으로 무인에게 느껴져야 할 그 무엇도 없었다.

'보법도 엉망이고 설마…… 단순한 관인?'

구지신개는 차진호가 왜 지악천에게 다가가는지 일순간 이해할 수 없었다.

　하지만 지악천 앞에서 자세를 잡는 순간 그의 표정은 날카롭게 변했다.

　앞서 지악천이 강성중과 전귀의 무공을 봐준다는 것은 처음 마주했을 때 알았지만, 무공을 모르는 이까지 가르칠 줄은 몰랐다.

　물론 당시에 차진호가 있었긴 했지만 신경 쓰지 않은 부분도 없지 않았다.

　그리고 차진호가 손에 쥔 봉을 움직이기 시작할 때 구지신개의 시선은 처음과 달라졌다.

　'외공?'

　지악천을 상대로 봉을 휘두르는 모습은 일반적으로 관인들이 쓰는 봉술이 아닌 구지신개조차도 처음 보는 봉술이었다.

　강성중이 지악천을 통해서 차진호에게 전해준 봉황등천식은 구지신개 같은 이들도 잘 기원을 모를 정도로 알려지지 않은 봉술이기에 차진호의 움직임에 구지신개의 시선이 더 많이 가기 시작했다.

　'단조롭지만 유연하군. 도대체 무슨 봉술이지?'

　이제까지 수많은 무공을 봐왔지만, 차진호가 보여주는 봉술은 궁금증을 유발할 정도로 특별한 무언가가 있었다.

계속해서 차진호의 봉황등천식을 보면 볼수록 구지신개는 지악천들이 느끼지 못한 무언가를 느끼고 있었다.

그들과는 달리 오랜 시간 봉을 만졌던 구지신개만 느낄 수 있는 무언가가 있었다.

계속해서 봉을 휘두르는 차진호를 상대로 지악천은 위협이 될 만한 공격만 쳐내면서 그에게 잔소리 중이었지만, 그것까진 구지신개가 들을 순 없었다.

'……일단 제갈수에게 연락이 닿은 후에 생각해야겠군.'

생각하는 와중에도 구지신개의 시선은 차진호에게 가 있었지만, 끝내 그대로 돌아갔다.

그렇게 구지신개가 돌아갈 때 지악천의 시선은 그가 있던 곳을 향했다.

다시금 거지 굴로 돌아온 구지신개는 짐짓 심각한 표정을 하고 있었다.

'너무 아쉬워. 그런 인재가 외공을 익히고 있을 줄이야.'

구지신개의 머릿속은 지악천을 향해서 열심히 봉을 휘두르던 차진호의 모습으로 가득 차 있었다.

그 역시 차진호의 모습을 보고 다른 이들이 그랬듯이 안타까움을 느끼고 있었다.

'대단한 인재가 될 법도 했는데 정말 아쉽군. 대충 10년만 젊었어도 개방으로 억지로 데려갔을 텐데…… 흐음.'

그만큼 차진호가 보여준 모습이 구지신개에게 대단하게

보였던 모양이었다.

그도 그럴 것이 내공이 전혀 없지만, 봉황등천식은 제갈천도 알아내지 못한 것들이 많이 숨겨져 있었기 때문이다.

물론 그걸 처음 발견한 강성중도 몰랐고 그걸 읽어본 제갈천은 물론이고 차진호에게 전수한 지악천조차 봉황등천식에 숨겨진 효용을 전혀 알지 못했지만, 무수히 많은 무공을 봐왔던 구지신개는 어느 정도 알 수 있었다.

일반적인 외공을 배운 이들과 다르다는 것을.

더욱이 딱히 할 일이 없는 상황이라 그런지 구지신개는 계속해서 차진호의 모습이 눈에 아른거렸다.

한 사람의 무인으로서 욕심이 났다.

가르치고 싶다는 욕심이.

'자신의 흔적을 남기고 싶다는 뜻이 뭔지 알겠군.'

구지신개는 직전 제자를 들이지 않았기에 그동안 제자를 키우는 지인들의 볼 때마다 이해하지 못했는데 지금은 그 마음을 조금이나마 이해할 수 있었다.

정말 오랜만에 자신의 눈에 차는 이를 마주했다는 것이 이렇게 여러 가지 감정을 만들어 줄 줄은 상상도 못 했다.

그러는 중에도 눈을 뜨나 감으나 계속해서 봉을 움켜잡고 휘두르고 있는 차진호의 모습이 아른거리니 환장할 노릇이었다.

그렇게 하루를 보낸 구지신개는 총타에서 보내온 전서가

그를 맞이했다.

　그 전서에는 불취개와 용개가 데려온 이들이 죽었다는 내용과 그들에게 별다른 것들을 알아내지 못했다는 소식이었다.

　'쯧, 어느 정도 예상은 했다만…… 역시나였군.'

　구지신개는 전해온 소식을 예상하긴 했다.

　이제까지 흑연의 인물들을 붙잡아서 제대로 성과를 본 적이 없었으니까 말이다.

第 三十三 章 — 전수(傳受)

　이른 새벽부터 눈을 차진호는 몸을 일으키려고 하는 순간 절로 앓는 소리가 입 밖으로 흘러나왔다.

"끄으응."

　언제나처럼 전날 지악천에게 가볍게 몇 대 맞았을 뿐인데 온몸이 쑤시는 느낌은 좀처럼 적응하기 힘들었다.

'좀 적당히 좀 하시지.'

"으윽."

　옷을 갈아입는 순간에도 뼈에서 느껴지는 통증이 욱신거렸다.

　그렇게 한참 신음을 흘리며 옷을 입은 차진호는 항상 하던 그대로의 일정을 소화하기 위해서 밖으로 나갔다.

언제나 그랬듯 차진호는 야간 순찰 돌고 복귀한 이들의 보고를 받은 후에 그들을 돌려보내고 오전 근무를 시작할 이들이 모여 있는 곳으로 향했다.

"어? 오늘은 왜 나와 계십니까?"

차진호는 평소라면 나오지 않았을 지악천을 보고 묘한 표정으로 물었다.

"그냥? 기분 전환이랄까?"

가볍게 미소 짓는 지악천의 얼굴을 본 차진호는 순간 불안감이 엄습했다.

그리고 그 불안감은 그만이 느낀 것이 아니었다.

사열하고 있던 십장들과 관졸 전부가 똑같이 느끼고 있었다.

'설마?'

불안한 기색이 역력한 그들을 바라보던 지악천이 짐짓 근엄한 표정을 지었다.

"슬슬 시기가 됐지?"

작은 목소리였지만, 내기가 실린 탓인지 사열한 이들의 귓가에 또렷하게 울렸다.

당시는 좀 어수선한 감이 없지 않았기에 다들 노력하는 추세였지만, 지금은 반대로 안정감을 찾아서 그런지 긴장감이 좀 떨어진 감이 없진 않다고 생각했다.

"조용!"

자신의 말에 살짝 소란스러워지자 지악천은 외침으로 그들을 조용히 시켰다.

"본래 정기적으로 한다고 했지만, 이러저러한 사정으로 미뤘다. 하지만 언제까지 미루고 있을 순 없는 노릇이니 오늘 공고하겠다. 시일은 보름까지. 내 자리까지 걸겠다. 자신 있으면 십장부터 차 포두까지 꺾고 도전하도록. 그리고 확고한 동기부여를 위해서 십장을 꺾으면 은자 5냥. 차 포두를 꺾으면 은자 50냥. 나를 이기면 은자 100냥을 지급하도록 하겠다."

지악천의 말에 관졸들의 시선이 저마다 반장들과 차진호를 향했다.

하지만 십장들 역시 차진호를 바라보고 있는 형국이니 차진호만 보름 동안 아주 피곤해질 예정이나 다름없었다.

그런 그들의 시선을 받던 차진호가 획 하니 고갤 돌려 지악천을 바라봤지만 이미 그는 먼 산을 바라보는 듯한 동작으로 등 돌린 상태였다.

"이익, 아니, 포두님!"

가만히 있으면 자신만 곤란해진다는 것을 알기에 차진호가 빠르게 무마해보려는 순간, 십장들과 관졸들의 함성이 튀어나왔다.

"우와아아아아아아!"

그런 그들의 함성에 차진호는 차마 움직일 수 없었다.

도리어 관졸들과 같이 함성을 내뱉고 있는 십장들을 보며 고갤 흔들었다.

'바보들… 결국 당신들이 가장 고생할 텐데.'

물론 차진호도 꽤 고생하겠지만, 실질적으로 차진호에게 덤빌 만한 이들은 별로 없을 것이 분명했다.

그나마 만만한 십장들의 고생길이 빤히 보였다.

"아아, 그리고 물론 고의로 져준다거나 할 경우는 알지?"

지악천의 말에 그런 생각을 했는지 살짝 움찔하는 이들이 두어 명 있었다.

그리고 그런 이들을 본 지악천은 가볍게 미소 지었다.

"후한 보상이 걸려 있는 이상 최선을 다하도록. 알겠나!?"

"예!!! 알겠습니다!!!"

"해…… 아, 혹시 전달할 내용 있나?"

이들을 해산시키려던 지악천이 차진호에게 고갤 돌리며 물었다.

"후…… 없습니다."

"해산!"

지악천의 말에 다들 왁자지껄함이 한층 커잔 챠 자신의 근무지로 흩어졌다.

다소 지루한 업무에 열정을 심어준 셈이었다.

"아니, 이런 일을 할 거면 좀 사전에 알려주면 좀 좋습니까?"

"왜? 싫냐? 싫으면 보름 동안 대련하든가."

지악천의 말에 차진호의 눈이 데구르르 움직였다.

"어… 아니죠! 해야죠! 아무렴요!"

기뻐 죽겠다는 표정을 숨길 생각이 없는 듯한 차진호의 모습에 지악천은 가소롭다는 듯이 미소를 지었다.

"과연 좋기만 할까?"

"네?"

뜻 모를 말에 차진호가 되물었지만, 지악천은 별거 아니라는 듯이 손을 흔들며 움직였다.

"아니다. 가봐. 나도 순찰가야지."

그런 지악천의 뒷모습을 보며 차진호는 고갤 갸웃거리고 있었다.

지악천은 가볍게 순찰을 돌고 난 후에 여느 때처럼 점심을 먹기 위해서 자주 가는 객잔에 들렀다.

물론 그 자리엔 백촉과 강성중, 후포성이 자리하고 있었다.

"내가 깜빡하고 말 안 했는데 오늘부터는 진호는 보름 정도 빠질 거야. 애들 기강도 잡고 동기부여도 해야 하니까."

밥을 먹던 지악천의 다소 뜬금없는 말에 그의 앞에 있던 둘의 고개가 들렸다.

"뭐?"

"왜? 못 들었어? 다시 말해줘? 아무튼, 진호가 빠진 만큼 더 둘에게 집중해줄 테니까 걱정하지 말고."

괜한 걱정하지 말라는 듯한 지악천의 말에 절로 한숨이 흘러나왔다.

안 그래도 매일같이 대련하는 것도 힘든 상황에서 차진호가 빠진 빈자리까지 메워야 한다는 말에 일순간 눈앞이 깜깜해졌다.

"아, 그리고 진호도 빠졌으니까 본격적으로 해보자고."

그 말은 내공을 제대로 쓰자는 말이었다.

"내 수련도 겸해야지. 언제까지 봐주고 있을 순 없잖아."

지악천의 말에 둘은 밥이 입으로 들어가는지 코로 들어가는지 인지하지도 못할 정도로 힘이 빠졌다.

"그 차 포두가 빠진 자리 제가 들어가도 될까요?"

어느새 그들에게 다가온 제갈청하가 말했다.

강성중과 후포성은 마치 하늘에 동아줄이 내려온 그것처럼 그녀를 바라보다가 이내 지악천을 바라봤다.

그들은 눈으로 지악천에게 무조건 허락하라는 무언의 의견을 제시했다.

"아! 가능하다면 저도!"

제갈청운이 자신도 빠질 수 없다는 듯이 눈을 반짝이며 뒤이어 말하자 지악천은 넷을 사악 훑어봤다.

　"이번에는 내 수련도 겸해야 해서 좀 거칠 텐데 괜찮겠습니까?"

　강성중과 후포성에게는 통보였지만, 제갈 남매에게는 의견을 물었다.

　그 말에 제갈 남매는 다소 상반된 반응 보였다.

　제갈청하는 만족스러운 미소를.

　제갈청운은 다소 불안한 기색을.

　"좋아요. 그렇게 해야 진짜 도움이 되겠죠. 안 그래?"

　제갈청하가 동의하는 동시에 자신의 동생에게 묻는 말에 제갈청운이 얼떨결에 고갤 끄덕였다.

　"어? 어……."

　제갈청운의 반응에 강성중과 후포성은 웃을 만도 했지만, 웃을 수 없었다.

　오히려 그들은 울고 싶었다.

　그나마 불행 중 다행으로 순번은 늘어났지만, 배 이상 힘들어질 예정이었으니까 말이다.

　물론 그 와중에 제갈청하는 지악천의 발치에서 백촉에게도 눈길을 보냈지만 백촉은　　　거리며 자신의 앞에 놓인 고기에 집중할 뿐이었다.

　"일단 오늘은 저도 현청에서 처리해야 할 업무가 있으니 오늘은 다들 푹 쉬시고 내일 보도록 하죠."

지악천은 두 명이 늘긴 했지만, 그러려니 했다.

'제갈 소협이 낀 게 의외긴 하지만 말이야.'

같은 시각 구지신개는 지악천이 아닌 차진호가 있는 곳을 지켜보고 중이었다.

'흐음… 어설퍼. 군더더기가 없다고 할 수도 있지만, 너무 틈이 많아. 경험의 부재? 아니면 실전? 그것도 아니면…… 가르친 건가?'

구지신개는 자연스럽게 지악천을 떠올렸다.

'확실히 얻은 기연 중에 봉술이 있을 수도 있겠지. 흐음…….'

구지신개는 멀찍이 떨어진 곳에서 차진호를 보면서 계속 고민에 고민을 거듭했다.

며칠 동안의 고민 끝에 차진호에게 자신의 정수를 남기고 싶다는 욕구를 확실히 인지했다.

그러고 나서 이렇게 밖으로 나와 어떻게 차진호에게 접근할까 고민했지만, 무의미했다.

지악천 몰래 차진호에게 접근해서 그를 아끼는 지악천의 심기를 건드릴 생각은 없었다.

당장은 지악천과 척을 질 수 없기에 그때 했던 약속을 지키기 위해서 일단은 지켜만 보고 있었다.

'보면 볼수록 아쉽구나. 어릴 때 만났으면 더 좋았을 텐데.'

구지신개는 차진호를 보면 볼수록 아쉽다는 감정이 진하게 묻어났다.

실제로 어릴 적부터 배워야 기맥도 막히지 않고 쓸데없는 버릇도 가지지 않기에 그때 가르치는 게 좋다는 것이 일반적일 경우였다.

"미야양!"

그렇게 한참을 봉을 휘두르고 있는 차진호를 바라보고 있던 구지신개는 뒤에서 들려오는 소리에 놀라 기겁하며 뒤를 돌아보았다.

구지신개의 몸에 있는 솜털이 삐쭉 솟구쳤다.

구지신개의 뒤에는 지악천이 있었고 소리의 주인공인 새하얀 백촉이 멀찌감치 떨어져 있었다.

"어지간하면 신경 안 쓰이게 한다고 자신만만하게 말하더니 본인이 했던 말도 못 지키는 사람인가? 일전에도 근처에서 얼쩡거리는 걸 애써 무시해줬더니 또 얼쩡거리네. 나름대로 많이 양보해줬다고 생각했는데 그쪽은 날 등신으로 본 건가?"

지악천의 날이 선 목소리에 구지신개가 어정쩡한 표정으로 양손을 들었다.

마치 그럴 의도는 전혀 없었다는 듯이.

"아니, 이건 자넬 감시하거나 그러려고 한 게 아니고……."

"내가 아니라고? 그럼 누군…… 아, 저 녀석?"

구지신개의 말을 끊고 그게 누구냐고 물어보려는 찰나에 현청에서 그가 관심을 가질 만한 사람은 단 한 명뿐이라는 걸 깨달았다.

지악천이 손가락으로 가리키는 곳엔 봉을 휘두르고 있는 차진호가 있었다.

동시에 구지신개의 표정이 굳었다.

여기서 지악천의 의중에 따라서 차진호를 욕심내던 것이 모조리 무너질 수도 있었기에 최대한 침묵했다.

"오호라. 입을 다무시겠다? 그러면 할 수 없지. 내줄 수도 있었지만, 거절하라고 해야지."

"!!!"

다소 장난기가 묻어나는 지악천의 말에 구지신개는 표정을 풀고 입을 열었다.

"저, 정말인가! 내줄 수 있다고?"

일순간 변한 구지신개의 변화에 지악천은 가볍게 미소를 지었다.

"하지만 내가 왜? 당신을 뭘 믿고? 난 당신에 대해서 아는 게 하나도 없는데? 아, 있다면 있네. 거지. 그리고 나이가 많다는 정도? 다른 게 있나?"

지악천의 말에 구지신개의 표정이 다시 굳었다.

'진짜 마음이 있긴 하나 보네.'

싹 굳은 구지신개의 표정을 본 지악천은 최소한 그가 장난스러운 마음은 아닌 것 같다고 생각했다.

'어쩔 수 없다. 물러설 순 없으니 정면 돌파뿐이다.'

"잘 말해준다면 내 모든 걸 가르칠 용의가 있소. 물론 개방의 제자가 되란 말은 아니고."

"당연하지. 이미 현청 소속인 녀석이 개방에 들어가겠다고 하면 내가 녀석의 두 다리를 분지를 테니까."

물론 진심은 아니었지만 최소한 구자신개에게 못을 박을 필요가 있었다.

"근데 딴 데 정신 팔고 있어도 상관없나?"

"……이미 자네가 넘긴 그 둘이 죽었네. 아무것도 얻어낸 것도 없이. 아, 물론 자네와 제갈세가가 넘겨준 정보 이상을 얻지 못했단 말이네. 그리고 자네에 대해서도 공식적으로는 더는 조사할 필요는 없다는 것이 총타의 의견이지."

"총타의 의견이라면 당신의 의견은 다르다는 건가?"

"개인적인 욕심과 호기심이 좀 남았지."

욕심은 차진호를 뜻하는 것이었고 호기심이란 말에 되물었다.

"호기심?"

"자네에 대한 호기심이지."

"나에 대한?"

구지신개가 고갤 끄덕였다.

"물론 자네에 대한 호기심 이전에 아주 중요한 것이라네. 자네가 그것과 관련이 있는지에 대해서 꼭 알아야 하니까."

그 말에 이번엔 지악천의 표정이 싸늘하게 변했다.

"그걸 알게 된다면 그에 따라서 내 목숨을 노려야 하는 문제인가?"

"글쎄… 확답하긴 애매하군. 자네가 나쁜 사람이 아니라는 건 주변의 증언만으로도 충분하다고도 할 수 있겠지만, 일단은 두고 봐야 할 일일 수 있겠지."

"그런데 믿을 수 없는 놈의 밑에 있는 녀석이 마음에 든다는 것도 웃긴 노릇이군."

"……."

지악천의 말은 틀린 것이 없기에 구지신개는 입을 꾹 다물었다.

그런 구지신개의 반응이 재미있는지 지악천의 입꼬리가 슬며시 올라갔다.

"데려가서 가르치고 싶으면 그렇게 해도 좋아. 단, 녀석이 동의할 것. 그리고 기간을 두지."

"기간?"

"녀석의 직책은 포두이지. 그리고 당신이 말했듯이 녀

석을 개방도로 만들지 않겠다고 한 이상 기간을 두는 것은 당연하지 않나? 그다지 억지는 아니라고 보는데? 그리고 녀석이 익힌 무공이 외공이기도 하니까."

"왜…… 내공을 가르치지 않았지?"

진한 아쉬움이 묻어나는 물음에 지악천은 별거 아니라는 듯이 답했다.

"늦었으니까. 나야 운이 좋았다고 할 수 있지만, 녀석은 아니니까. 그래서 내가 해줄 수 있는 것을 해줄 뿐이지. 만약 당신에게 뭔가를 배워서 녀석에게 도움이 된다면 난 그걸 말릴 생각이 없고."

지악천의 말에 구지신개는 그가 차진호에게 일종의 부채감을 느낀다고 생각했다.

부채감이 전혀 없다곤 할 수 있지만 그 비중이 그리 큰 것도 아니었다.

"만약… 그가 개방도가 되겠다고 한다면?"

그 말에 지악천이 미소 지은 채로 어이없다는 웃음을 흘렸다.

"진호가? 쿡, 당신이 강제로 시키는 것이 아니라면 그럴 리가 없을 테니까 걱정할 이유가 없지."

웃음기를 머금은 확신 어린 목소리에 구지신개는 기분이 나쁠 만도 했지만 그렇지 않았다.

'서로에 대한 신뢰가 그만큼 높다는 건가?'

지악천과 차진호의 인연을 모르는 구지신개로서는 그럴 수밖에 없었다.

차진호는 적어도 지금의 지악천에 대해서 많은 것을 알진 못한다고 해도 그를 절대적으로 믿고 있었다.

지악천의 말대로 무엇이든지 할 수 있다고 생각하고 있었다.

설사 그것이 자신의 목숨을 위태롭게 할지라도 일단은 최소한 시도라도 해볼 정도였다.

"그리고 아까도 말했듯이 녀석이 간다는 전제로 데려가는 건 상관 안 해. 멀쩡히만 데려다 놓는다면 말이지."

지악천은 자신이 차진호를 가르치는 것이 한계가 존재한다는 걸 알기에 구지신개에게 배우는 걸 나쁘지 않게 생각했다.

다만, 그러기 전에 구지신개가 자신에게 적이 될 사람인지부터 판별해야 하는 게 최우선이었다.

도움을 주지 못할망정 적이라면 지금이라도 죽여야 하니까.

"일단은 자네에 대한 궁금증을 해결하는데 도와줄 사람이 올 테니 나중에 다시 오겠네. 그때면 어떻게 될지 결정이 나겠지."

"그러시든가. 그리고 당신의 궁금증을 해결하는데 도와줄 사람이 올 때까지 여긴 얼씬거리지도 마. 얼씬거린다면 선전포고로 이해할 테니까.”

팍, 파파팍!

말이 끝나기 무섭게 지악천은 대답은 들을 필요가 없다
는 듯이 그대로 뛰어올라 사라졌다.

멀찌감치 떨어져 있던 백촉이 그 뒤를 따라서 하늘을 날
듯한 움직임으로 따라붙었다.

그렇게 시간이 흐르고 흘러 구지신개는 제갈청하가 전한
제갈수가 전해온 서신을 받을 수 있었다.

십(十).

그것이 제갈수가 보내온 서신에 적힌 전부였지만, 구지
신개는 그것만으로도 만족한다는 듯한 표정으로 고갤 끄
덕거렸다.

‘열흘이라…… 길다면 긴 시간이 되겠구나.’

하지만 구지신개는 그 시간을 헛되이 보낼 생각은 없었다.

후에 차진호에게 뭘 가르칠지 미리 생각하는 것만으로
부족할 지경이었다.

* * *

“허억… 허억… 허억…….”

“하악… 하악… 하악…… 큽!”

거칠게 호흡을 내뱉고 있는 후포성과 제갈청하는 턱밑까지 올라온 가쁜 숨을 가라앉히려고 했다.

하지만 둘을 보며 비릿한 표정으로 다가오는 지악천의 모습에 멈춰선 다리를 움직여야 했다.

그들이 걸음을 옮기기 무섭게 어느새 공중에서 나타나 떨어져 내린 지악천이 그대로 바닥을 찍었다.

쾅!

지악천은 땅거죽이 뒤집힐 듯한 소음이 사방으로 울리기도 전에 뒤로 물러선 후포성과 제갈청하를 향해서 달려들었다.

봐줄 생각은 전혀 없다는 듯이 지악천의 주먹을 은은하게 감싼 권기(拳氣)가 그들을 향해서 날아들었다.

계속해서 뒤로 물러나는 모습에도 지악천은 그들을 바라보면서 일말의 고민도 없이 그대로 주먹을 뻗었다.

펑! 후우웅!

끼리리릭!

지악천이 허공에 뻗은 주먹의 끝에서 일어난 파공성과 동시에 생겨난 권풍이 나뭇가지를 사정없이 흔들리게 만들면서 둘을 향해서 날아들었다.

제갈청하와 후포성은 자신들을 향해서 다가오는 권풍을 확인하곤 보폭을 벌리고 무게중심을 낮게 잡으면서 양팔을 들어올려 얼굴을 가렸다.

후우우웅!

"피해욧!!!"

제갈청하는 지악천의 권풍을 막는 도중에 아주 작게 들려오는 소리에 소름이 돋았다.

제갈청하가 후포성이 있는 방향으로 소리치면서 뛰어올라 지악천의 권풍에 몸을 실었다.

후포성 역시 약간의 차이가 있긴 했지만 그 역시 제갈청하가 들었던 소리를 들었기에 일말의 고민도 없이 그녀처럼 권풍에 몸을 맡겼다.

그때 묵직한 내공이 실린 지악천의 장력이 그들이 있던 자리를 강타했다.

콰아앙!

그들이 자리를 뜨기 무섭게 그 자리에서 폭발이 일어나면서 먼지가 자욱하게 일어났다.

하지만 그 먼지도 지악천의 손짓에 순식간에 흩어졌다.

"아쉽네. 쉽게 끝낼 수 있었는데."

지악천의 작지 않은 중얼거림을 들은 제갈청하와 후포성이 동시에 입술을 깨물었다.

분했지만, 어떻게 할 방법이 없었다.

당장 그들이 지악천을 어떻게 할 수가 없었다.

사람 수가 많고 적고 문제가 아니었다.

최소한 지악천과 비슷한 수준이 한 명이라도 있다면 몰

라도 당장은 무리였다.

당장은 지악천을 이기는 길이 보이지 않았다.

'더 중요한 것은 아직도 지 포두님은 제대로 자신의 실력을 내보인 적이 없다는 거지.'

제갈청하는 지악천의 실력을 눈으로 제대로 확인한 적이 단 한 번도 없었다.

이 자리에 있는 이들 중에 그나마 지악천을 잘 알고 있다고 할 수 있는 강성중마저도 지악천의 한계를 가늠하지 못하고 있으니 당연한 일이었다.

매일매일 조금씩이라도 발전해나가는 것이 뻔히 눈에 보이는데 어찌 판단을 내릴 수 있겠는가.

그것도 자신보다 뛰어난 고수를 상대로 말이다.

슬쩍.

하늘을 슬쩍 쳐다본 지악천은 시간이 됐다는 걸 확인 후 가볍게 손목을 돌리며 슬슬 본격적으로 움직이겠다는 신호를 대놓고 그들에게 보여줬다.

그리고 그들 역시 이제까지의 경험으로 저 행동이 지악천이 본격적으로 움직인다는 신호라는 걸 알기에 내공을 빠르게 끌어올리며 대비했다.

'쉽게 당하지 않아!'

그 순간, 지악천이 움직였다.

자신들의 눈앞에서 지악천이 사라지자마자 제갈청하와

후포성은 고갤 움직였지만 지악천을 찾을 수 없었다.

우우웅!

그들의 머리 위에서 묵직한 내기가 느껴졌다.

고개를 들어올린 둘은 자신들과 고작 반 장 높이에서 떨어져 내리는지 지악천을 발견할 수 있었다.

'늦었!'

둘은 생각을 끝맺지도 못하고 바로 뒤로 물러서려는데 지악천이 떨어져 내렸다.

콰앙!

"꺅!!!"

"어억!"

지악천의 신형이 한순간에 마치 가속이라도 한 듯이 떨어져 내리자 그들은 그대로 지악천에게 휘말리더니 외마디 비명을 흘리며 바닥을 굴렀다.

제갈청하가 재빠르게 자세를 고치면서 들고 있던 검을 곧추세우며 몸을 날렸다.

현재 자신이 가장 자신 있게 펼칠 수 있는 비연검결(飛嚥劍訣)을 펼쳤다.

비연검결이라는 이름대로 공중을 나는 제비처럼 빠르게 날아가 서 있는 지악천을 향해서 검을 휘둘렀다.

후웅.

하지만 제갈청하의 검은 그녀의 뜻과는 달리 허공을 가

를 뿐이었다.

지악천은 자신을 향해서 뻗어오는 비연검결을 상대로 가볍게 우측 뒤로 반보 물러서면서 제갈청하의 거리에서 완전히 벗어났다.

그리고 그대로 허공을 가로지르는 제갈청하의 검을 잡은 손을 발로 차버렸다.

퍽!

탱!

적잖은 충격이었을 텐데 입에서 신음조차 흘리지 않은 제갈청하가 그대로 주저앉아 버렸다.

항복의 표시였다.

그런 그녀에게 가볍게 미소를 짓곤 다시금 지악천의 신형이 흐릿해졌다.

아직 항복 의사를 내비치지 않은 후포성을 제압하기 위해서였다.

물론 제갈청하와 다르게 후포성의 항복은 받아줄 생각도 없었다.

정신 차리기 위해서 머릴 흔들고 있던 후포성에게 단박에 다가간 지악천이 그의 복부를 걷어차려고 했다.

고갤 흔들던 그가 재빠르게 양팔을 교차시키며 자신의 복부를 향해서 날아드는 발을 막아냈다.

쾅!

"쿠억!"

막아내긴 했지만 어정쩡한 자세였기에 걷어차는 힘을 흘려보낼 수 없었다.

그대로 그의 몸이 공중으로 뜨더니 다시 땅에 떨어지면서 굴렀다.

"일어나. 그렇게 있으면 누가 봐줘?"

방금까지 제갈청하를 상대할 때와는 딴판이었다.

물론 제갈청하를 막대하기엔 무리가 있기에 당연했다.

제갈세가의 장녀와 낭인인 후포성을 같은 선상에 놓고 비교할 순 없는 노릇이 아니겠는가.

또한 곧 있을지도 모를 전력 누수에 대비하기도 해야 했다.

'뭐, 전력 누수보단 상승에 가깝긴 하겠네.'

그렇게 걷어차인 후포성이 땅을 짚고 일어나 양팔을 늘어뜨린 채로 크게 숨을 들이마셨다.

"후웁! 후아!"

그리고는 가볍게 손발을 움직이면서 몸 상태를 확인했다.

그동안의 고생이 마냥 무의미하진 않았다는 걸 알 수 있었다.

초기였다면 지금 일어서 있는 것 자체가 불가능에 가까웠겠지만, 지금은 그렇지 않았다.

고통도 익숙해지는 법이었고 그동안 후포성의 실력도 나름대로 수직상승에 가깝게 오른 상태였다.

최소한 앞서 먼저 항복한 제갈청하와 500여 합까진 지지 않을 자신이 있을 정도로 말이다.

'물론 이길 수 있다면 좋겠지만, 아직은 요원한 일이지.'

그렇게 가볍게 손발을 움직이며 자신을 향해서 천천히 다가오는 지악천을 바라봤다.

언제라도 움직일 수 있게 손발을 풀던 후포성의 표정은 비장해 보였다.

그런 후포성을 바라보는 이들은 지악천을 포함한 총 4명이었다.

후포성을 향해서 다가가는 지악천, 먼저 항복한 제갈청하, 둘의 대련을 지켜보고 있던 강성중과 제갈청운.

그들은 짐짓 비장한 표정을 한 후포성이 뭔가 한 수를 선보일 듯한 모습에 조금이나마 기대했다.

어차피 그가 지악천을 꺾는다고 생각하진 않았다.

그렇게 지악천과 후포성의 거리가 1장까지 좁혀지는 순간 지악천의 주먹이 앞으로 뻗어 나가자 후포성의 팔도 함께 움직였다.

스윽.

"항복!"

우뚝.

자리에 있는 누구도 예상하지 못한 후포성의 말에 머리를 향하던 지악천의 주먹이 지척에서 멈췄다.

"히히."

지척에서 멈춘 지악천을 보며 후포성이 씩 웃었다.

지악천은 어이없었다.

"아직까진 여유가 있나 보네. 그렇지?"

지악천의 말에 비장했던 후포성의 얼굴이 굳었다.

"아니, 그게……."

"됐고, 아직 여유가 있으니 한 번 더 해도 되겠네. 제갈소저. 소저께선 가서 쉬시고 가시는 길에 강 형이랑 제갈소협 불러주시면 됩니다."

그 말과 동시에 어서 가보라는 듯이 손을 흔들었다.

제갈청하는 안타깝다는 듯한 눈으로 후포성을 한번 쳐다보고 뒤도 돌아보지 않고 강성중과 제갈청운이 있는 곳으로 향했다.

"제갈……."

"쉿. 조용해. 아주 한계까지 굴려줄 테니까."

지악천의 말에 후포성은 생긴 거와 다르게 눈물을 글썽거리기 시작했다.

* * *

시간은 빠르게 흘러 어느덧 엿새가 지났다.

지악천은 여전히 4명과 대련을 하는 중이었고, 차진호는 자신에게 주어진 업무에 매진하며 무료함을 달래고 있었다.

"하아아암…… 지루하네."

꾸준히 지악천과 후포성을 상대로 손속을 섞어 온 탓인지 관졸들의 대련을 지켜보는 것조차 지루했다.

어느새 차진호의 뒤에 나타난 지악천이 그의 어깨에 손을 얹으며 물었다.

"지루하냐?"

"아, 오셨습니까. 오늘은 어땠습니까?"

"어떻긴 똑같지."

지악천의 말에 차진호가 슬쩍 고갤 돌려 쪽문을 바라보니 그제야 후포성이 돌아오는 모습이 보였다.

터덜터덜 걷는 모습이 정말 지악천에게 흠씬 두들겨 맞은 것으로 보였다.

"적당히 좀 하시지."

"흥, 그래서 되겠냐? 한참 멀었다. 그리고 넌 생각 좀 해 봤어?"

"아… 꼭 해야 합니까?"

그 말에 지악천이 입을 열었다.

"꼭 해야 하는 건 아니야. 근데 너에게 도움이 되는 일이면 하는 게 좋지 않을까? 지금 상태에 만족한다면 상관은 없다만, 배워 둬도 나쁘지 않다고 생각해. 특히 봉술을 잘 모르는 내가 알려주는 것은 분명히 한계가 있으니까 너에게 좋은 경험이 되겠지. 그리고 정 힘들면 그냥 때려치워도 상관없다."

차진호가 살짝 불안한 표정을 지었다.

"그냥 보내줄 거라고요?"

"안 보내주면 관인 납치로 개방을 뒤집으면 되겠지. 그 거지도 개방 소속이니 그러면 되겠지. 그리고 세부 일정은 따로 그 거지랑 조절하면 될 일이고."

별일 아니라는 듯이 개방을 뒤집겠다는 지악천의 말에 차진호는 고갤 흔들었다.

"뭘 또 그 정도까지……."

"우리가 알고 지낸 세월이 얼마인데. 사실상 형제나 다름없지 않냐."

차진호 역시 고갤 끄덕였다.

"뭐, 틀린 말은 아니긴 한데……."

말을 흐리는 차진호가 무슨 말을 하고자 하는지 지악천 역시 잘 알고 있었다.

"이참에 제대로 배워보는 것도 나쁘지 않겠지. 이후에 네가 어떤 길을 가는지도 생각해봐야 할 일이니까. 그리고 네 빈자리를 메꿀 사람도 하나 구해놨으니까."

"응? 후임? 누구…… 설마?"

차진호의 물음에 지악천이 가볍게 미소를 지으며 고개를 끄덕였다.

"아마 네가 떠올린 사람이 맞을 걸? 어차피 모자란 봉급은 이리저리 얻은 거로 채워주면 충분하니까. 뭐, 네가 자릴 비울 시간은 길어봤자 대략 1~2년 정도일 테니까. 그정도는 충분히 감당 가능. 다만 체계적으로 배운 녀석이 아니라서 가르칠 게 많겠지만 말이야."

방금까지 눈을 크게 뜨고 있던 차진호의 눈이 좁아졌다.

"설마… 나보고 인수인계까지 다 하라는 건 아니겠죠?"

"당연히 네 빈자리를 임시로 있는 건데 당연히 네가 인수인계해야지."

"와… 너무하네."

"서운해? 금자 10냥 줄까 했는데 주지 말까? 인수인계는 내가 하고 말이야."

벌떡!

자리에 앉아 있던 차진호가 벌떡 자리에서 일어나 허리를 굽혔다.

"아이고! 후 형에게 제대로 인수인계 해놓겠습니다!"

"크큭, 똑바로 해놓으라고. 그리고 아무튼 따라갈 거지?"

"아니, 가라면서요. 도움이 된다면 배워야죠."

"그래. 알았으니까. 기다리고 있어라. 거지 만나고 올 테니까."

"네네. 다녀오십쇼!"

다시 허리를 굽히는 차진호의 모습을 보고 가볍게 미소 지으며 지악천은 현청을 빠져나갔다.

그리고 차진호는 후포성이 있을 만한 곳으로 곧장 향했다.

'하루라도 빨리 인수인계 해줘야지.'

현청을 빠져나온 지악천은 결정된 사항을 전할 겸해서 구지신개를 찾아 나섰다.

'흐음…… 그 거지를 어디서 찾지?'

어디서 찾을지 고민하면서 지악천은 고개를 좌우로 움직였다.

'저쪽은 제갈세가. 이쪽은 빈민가. 어느 쪽이 빠를까? 아니면…….'

그렇게 좌우로 움직이던 지악천의 고개가 아래로 내려갔다.

그의 시선은 자신의 발치에 붙어 있는 백촉을 향했다.

"백촉."

지악천은 백촉을 부르며 한쪽 무릎을 굽혔다.

"미양."

지악천의 부름에 백촉 역시 그를 바라봤다.

"일전에 봤던 거지 어디 있는지 찾아줄래?"

그 말에 백촉은 싫다는 듯이 지악천의 시선을 피해서 고갤 돌렸다.

"부탁 좀 하자. 돼지랑 사슴 사 줄 테니까. 응?"

지악천의 말에 백촉의 돌아갔던 고개가 마치 삐걱거리는 목각인형처럼 움직였다.

하지만 정작 시선은 아직 다른 곳으로 향해 있었다.

"알았다. 알았어. 거기에 한 마리 더. 충분하지?"

백촉이 빠르게 지악천의 다리에 머리를 비볐다.

"가자."

백촉의 등허리를 한번 훑어주자 움직이기 시작했다.

인파가 뜸해지는 곳까지 다다르자 백촉이 빠르게 움직였다. 그리고 단박에 성벽을 뛰어올라 밖으로 향했다.

'거지 굴이 빈민촌에 있는 게 아니고 밖에 있었나?'

성벽을 뛰어넘은 백촉을 따라서 가벼운 몸놀림으로 성벽을 넘어간 지악천은 빠르게 백촉의 뒤를 따라붙었다.

장소가 숲으로 바뀌기 무섭게 백촉의 속도가 빠르게 상승했다.

그렇게 이동하던 백촉이 멈춰 서곤 곧바로 자신의 두 앞발로 코를 틀어막았다.

"큭, 여기 근처에 있구나? 고생했다. 여기서 기다리고 있어. 정 힘들다 싶으면 현청에 가 있든지 알겠지?"

지악천의 말에 백촉은 곧장 나무를 타고 위로 올라가 버렸다.

높은 위치에 있는 신선한 공기가 필요한 모양이었다.

그런 백촉을 뒤로한 채로 기감을 퍼트리기 시작한 지악천은 이내 구지신개로 추정되는 익숙한 기척을 느낄 수 있었다.

'둘?'

기감을 퍼트린 상태로 이동 중이던 지악천은 구지신개와 다른 기척을 느끼고 몸을 숨길까 했지만, 그냥 접근했다.

그리고 이내 구지신개와 또 한 사람이 그의 시야에 들어왔다.

'누구지?'

구지신개와 함께 있는 사람은 지악천이 처음 본 사람이었다.

하지만 거리가 좁혀질수록 낯선 이의 복식을 좀 더 자세히 볼 수 있었다.

그의 복식은 제갈위학의 복식과 유사한 형태를 하고 있었다.

'제갈세가?'

그렇게 정체 모를 이와 함께 있는 구지신개가 있는 곳으로 향할 때 그들의 시선이 지악천이 다가오고 있는 방향으로 돌아갔다.

"아, 불청객이로군."

구지신개는 상대방의 말에 다가오는 지악천의 모습이 또렷하게 보였다.

"아아, 당사자가 딱 나타났군. 차라리 잘됐군."

"아아, 저자가 형님이 말하던 그 포두인가? 그리고 자네가 말하던? 관련됐을지도 모를 사람이기도 하고?"

그의 말에 구지신개가 고갤 끄덕였다.

"일단 자네가 확인하면 다른 이들에게도 알릴 생각이라네."

"그렇군. 뭐, 그렇게 하기로 했던 약조니까."

그들의 말이 끝나기 무섭게 지악천이 그들의 앞에 도착했다.

"커험. 자네가 여긴 무슨 일인가?"

구지신개의 물음에 지악천이 물끄러미 구지신개의 옆에 있는 이를 바라봤다.

"이잔 누구요?"

"이전에 내가 말했던 사람이지. 제갈세가의 제갈수라고 하네."

제갈세가 사람이라는 말에 지악천의 경계심이 살짝 풀어졌다.

"이전에? 아. 나와 뭔가가 연관됐을지 알아볼 수 있다고 했던 사람이 제갈세가의 사람이었소?"

말을 하면서도 지악천은 제갈세가 사람이 그와 무슨 상관이냐는 듯한 표정이었다.

그리고 그런 표정을 읽은 제갈수가 사람 좋은 인상을 하며 물었다.

"물론 이 일은 세가와는 전혀 상관없는 다른 일이라네. 다만 자네에게도 우리에게도 아주 중요한 일이지."

"제갈세가 사람이 그런 말을 해도 됩니까?"

"못 할 건 없지 않겠는가. 아무리 내가 세가 사람이라고 해도 내 개인적인 일은 결국, 자신이 책임지는 것인데. 제갈천. 그 녀석이 그러했듯이."

"……."

제갈세가의 입장에선 치부에 가까운 제갈천까지 너무나도 언급하는 제갈수의 말에 지악천은 살짝 누그러진 경계심이 다시 강해졌다.

'도대체 뭐 하는 사람이지?'

"안 그래도 찾아가려고 했는데 이리됐으니 그 일을 지금 이 자리에서 마무리하는 게 서로에게 좋겠지?"

분위기가 살짝 냉각되려는 기미에 빠르게 상황을 반전시키려는 구지신개의 말에 지악천과 제갈수는 동시에 고갤 끄덕였다.

"음, 좋아. 자네는 일단 묻는 말에 대답만 해주면 좋겠는데. 궁금한 부분은 나중에 우리가 가능한 선에서 얘기해주겠네. 어떤가. 질문과 답변이 길어질 수도 있으니까 말이야."

구지신개의 말에 지악천은 길게 생각할 것도 없다는 듯이 바로 고갤 끄덕였다.

우웅.

지악천이 승낙하자 구지신개가 빠르게 개막을 펼쳐 주변에 대화가 흘러나가는 것을 차단했다.

그리고 제갈수를 바라보며 고갤 끄덕였다.

"자네는 상황을 잘 모르겠지만, 사실 이 부분은 여러모로 검증이 필요한 부분이라 성심성의껏 말해줬으면 좋겠네. 자네가 말한 내용 중에서 자네에게 중요한 부분이 있다면 우리 역시 죽기 전까지 비밀로서 지켜주겠네. 이것은 각기 구지신개와 내가 속한 개방과 제갈세가의 이름까지 걸고 말하는 것이네. 이해했는가?"

"이해했으니 빨리 물어보시죠."

"앞서 대략적으로나마 듣긴 했다네. 자네가 형산에서 기연을 얻었다고 했지. 그에 대한 모든 것을 얘기해줄 수 있겠는가? 자네 입으로. 아주 상세하게."

새삼스럽게 진지해진 제갈수의 표정과 태도에 지악천 역시 자연스럽게 진지한 태도로 임했다.

'어디까지 얘길 해야 할까? 있는 그대로 과거로 돌아왔고 그 이후로 눈앞에 이상한 글귀가 나타나기 시작했다고

하면 미친놈 취급받기 딱 좋겠지? 그냥 저들이 원하는 부분만 얘기해주면 되겠지.'

생각을 마친 지악천이 입을 열었다.

"형산에서 얻은 기연에 대해서 말해달라는 거죠? 있는 그대로."

"맞네. 있는 사실 그대로 얘기 해주면 되네."

"형산에 가서 두 가지를 얻었소이다. 하나는 운봉무쇄 (雲封霧鎖)를 뚫고 정상을 가려는 중에 우연히 꽃밭과 작은 움막을 발견했고, 그 움막에는 어떤 시신과 서책이 한 권 있었소. 서책의 내용은 별거 없었소. 자신이 누구이며 자신에 관한 간단하고 시답지 않은 이야기가 적혀 있었소. 이후에는 서책을 태워달라는 내용이었소. 그래서 서책을 다 읽은 후에 그 유언처럼 서책을 태우고 나서 시신을 묻기 위해서 다시 움막으로 돌아가니 시신은 이미 감쪽같이 사라진 후였소."

구지신개와 제갈수는 지악천의 입에서 나오는 말을 집중해서 들었다.

"다른 것은 그 후에 산에서 내려가던 중에 우연히 영역 다툼을 하던 영물들이 양패구상했고 그러는 가운데 영물의 기운 약간 얻었을 뿐이오. 그 증거는 지금 내가 쓰는 두 가지 기운과 나와 항상 같이 다니던 녀석이 그 증거이외다. 저 거지가 백촉을 많이 봤으니까 녀석이 영물이라는 것 정도는 알고 있을 테지."

지악천의 적당히 뺄 건 뺀 얘기가 끝났을 때 제갈수와 구지신개의 표정은 굳어 있었다.

그런 둘의 굳어 있는 표정을 본 지악천이 다시 말했다.

"더 필요한 부분이 있습니까?"

지악천의 물음에 제갈수가 구지신개를 보며 고갤 흔들었다.

그리고 그의 입술이 작게 달싹거렸다.

제갈수는 빠르게 구지신개에게 전음을 보내고 있었다.

그 모습을 지악천은 보질 못했다.

이미 어느 정도 소통을 끝냈는지 제갈수가 지악천을 바라봤다.

"혹시 천기산인(天氣算人)이라고 들어 본 적이 있는가?"

한 번도 들어본 적이 없었기에 지악천은 가볍게 고갤 흔들었다.

"천기산인? 한 번도 들어본 적 없소."

제갈수의 눈에 살짝 아쉬운 감정이 스쳐 지나갔다.

"그렇군. 아무튼 궁금증은 잘 풀렸다네. 그렇지 않소? 구지신개."

"크흠! 그렇군. 확실히 풀리긴 했지."

구지신개의 얼굴색이 묘하게 밝아졌지만, 워낙 거뭇거

못했기에 알아보기 힘들 정도였다.

그리고 그들의 태도가 묘하게 변해 있었다.

아까까지만 해도 담담한 태도였지만, 지금은 묘하게 유해진 느낌이었다.

다만 지악천은 그들에게 크게 관심이 없었기에 인지하지 못했다.

"필요한 얘긴 끝났으면 그쪽 거지 양반은 나랑 따로 얘길 좀 합시다. 이전 그 건으로 할 얘기가 있으니."

지악천의 말에 구지신개가 곁눈질로 제갈수를 바라보자 그가 살짝 고갤 끄덕였다. 갔다 와도 된다는 듯이.

"그래. 가지."

기막을 거둬들인 구지신개가 지악천과 조금 떨어진 곳으로 자릴 옮겼다.

혼자 남은 제갈수는 생각에 빠졌다.

'분명 그의 것을 이었다. 서책의 내용은 우리도 알진 못하지만, 분명히 그와 접촉했다. 하지만 그렇다고 해도 그와는 너무 달라. 도대체 뭐가 어떻게 된 거지?'

제갈수가 아무리 머릴 굴린다고 해도 그 부분만큼은 절대로 이해할 수 없었다.

어찌 눈에 자신의 상태가 적힌 글귀가 나온다는 것을 어찌 상상할 수 있겠는가.

떨어진 곳으로 온 지악천은 바로 본론으로 들어갔다.

"진호가 당신을 따라가도 좋다고 하니, 데려가도 좋은데 아무리 늦어도 2년. 그 이상은 불가."

"뭐? 고작 2년?"

구지신개가 불만족스러운 감정이 묻어나는 반문을 던졌다.

지악천 역시 그의 반응에 썩 좋은 기분은 아니었다.

"아니, 뭐? 고작? 녀석에게 내공을 쌓게 해줄 것도 아니고 사실상 그저 봉술 기초와 신변잡기 정도 잡아줄 거 아닌가? 그리고 개방의 무공을 전수해줄 것도 역시 아닌데, 당신이 녀석을 평생 데리고 있으려고? 에이, 그건 아니지."

지악천의 말에 구지신개는 입을 꾹 다물었다.

이미 앞서 자신이 한 말이 있기에 더 주면 줬지 번복은 힘든 상황이었다.

"끄응."

"쓸데없이 앓는 소리 내면서 내 동정심 끌어내리려고 하지 말고. 아프면 의원으로 가면 되고."

그 말에 구지신개의 표정은 그야말로 불만이 가득한 표정이었다.

"애 배 굶기지 말라고 한 금자 5냥 정도 줄 테니까 그걸로 만족하라고."

지악천의 말에 불만 가득했던 구지신개의 표정이 활짝

폈다.

아무리 그가 개방의 장로라도 해도 어디까지나 '개방'의 장로였다.

금자 5냥 이상을 손에 쥐어본 적은 있지만, 그 돈을 개인적으로 쓰거나 손에 쥘 일은 지금까지의 일생에도 손에 꼽을 만큼 없었다.

"진호가 돌아오면 그때 전부 다 물어볼 테니까 남겨 먹을 생각이걸랑 꿈도 꾸지 말고."

2년에 금자 5냥이면 호화스러운 생활까진 아니라도 먹고사는 데에 큰 지장이 없을 정도였다.

더군다나 수련하기 위해서인데 배불리 먹고 다닐 이유역시 없었다.

"참고로 지금 진호의 수준은 전귀에게 내공을 제외한다면 크게 밀리지 않는 상태야. 당신이 진호에게 해줄 것은 최소한 절정 무인을 상대로 버틸 수 있게 해주는 것. 그것이 다야. 지금 수준으로도 어지간한 일류 수준인 이들은 상대하기 충분하니."

"……."

지악천의 말에 구지신개는 말문이 막혔다.

'아무리 내공을 제한하고 싸웠다고 한들 전귀에게 밀리지 않는다고? 그 산전수전 다 겪었다는 낭인 놈을 상대로?'

"믿기 싫으면 믿지 않아도 되긴 하는데 어차피 당신이 가르쳐야 하니까."

"아니, 그게 그렇게 쉽게……."

구지신개의 뻔한 말이 이어지기 전에 지악천이 끊었다.

"됐고. 절정 무인 상대로 버틸 수 있게 다듬어 준다면 금자 50냥 주지. 시험 기준은 앞서 말했던 전귀로. 당신은 가르치고 싶다던 진호를 가르치고 돈까지 얻을 수 있겠지. 좋은 게 좋은 거고 거기다 동기부여까지 확실하지."

지악천의 말에 구지신개는 반박할 수 없었다.

말 그대로 거부하기에는 금자 50냥은 작지 않은 돈이었다.

특히나 일반적인 문파나 세가가 아닌 개방도인 구지신개로서는 더더욱 끌리는 제안이었다.

'가능하다면 그러려고 했지만, 저렇게까지 한다면야…….'

생각을 와중에도 본능적으로 입가가 씰룩거리는 구지신개의 모습에 지악천의 입꼬리가 올라갔다.

'결정 났군.'

"커허험! 내가 뭐, 꼭 금자 때문은 아니고 아무튼 최선을! 커흐흠!"

"아무튼, 결정됐으니까. 보름 안에 진호 데려가는 거로 이해하면 되겠지? 그리고 다시 얘기하지만, 개방도로 만

지악천   124

들 생각은 아예 하지 않는 게 좋을 거야. 개방 찾아가서 제대로 분탕질해줄 테니까. 포기할 때까지."

미소 짓던 지악천의 표정이 차갑게 돌변하자 마주하고 있던 구지신개가 한순간 움찔할 정도였다.

'마지막 말은 진심이군.'

"내 이름을 걸고 말하지. 절대 그렇게 하지 않겠다고."

"지금까지의 말 중에 가장 마음에 드는 말이군요. 진호를 잘 부탁합니다."

정말 만족스러운 답을 받아서 그런지 지악천의 말이 늦은 감이 넘쳐흘렀지만 부드럽게 변했다.

그렇게 대화를 끝낸 후 지악천은 돌아갔고 구지신개는 다시 제갈수에게 다가왔다.

"다 끝났소?"

"음? 아, 그렇지. 그는 돌아갔네."

"그래서 이젠 어쩔 건가? 바로 소집할 건가? 아마 이 소식을 그분께서 접하게 된다면 가만히 있을 것 같진 않은데……."

제갈수의 말에 구지신개는 자신이 할 수 있는 영역이 아니라는 듯이 어깨를 으쓱거렸다.

"뭐, 그렇다고 우리가 할 수 있는 것이 마땅히 없으니 어쩔 도리가 없나. 근데 왠지 아쉬워 보이는데."

"아쉽지 않다면 거짓말이겠지. 그래도 잠잠한 마교와 상대적으로 전성기를 누리는 사파가 아니라는 것만으로도 충분히 만족하긴 하네."

"거기다 그는 제갈세가와 단단한 인연이 있고?"

"그것도 그렇지만, 이왕이면 정파인 중이라면 더욱 좋지 않겠나 싶은 마음이 더 컸으니 아쉬운 마음도 큰 법이지. 그리고 애초에 우리가 개개인의 이익을 위해서 모인 것 역시 아니었으니까."

제갈수의 말에 구지신개 역시 동의한다는 듯이 고갤 끄덕이며 말했다.

"그건 맞지. 나도 그렇고 대부분 그렇게 생각할 수도 있지만, 솔직히 전부가 그렇게 생각한다곤 할 순 없지. 내가 일부러 이렇게 자네만 부른 것도 그렇고 그런 것이 아예 없다고 할 순 않아서지. 자네는 이미 제갈세가니까. 그와는 좋든 싫든 사실상 엮여 있기도 하네."

"……."

제갈수의 반응을 보며 구지신개가 말을 이었다.

"그리고 솔직히 난 무섭기도 하네."

"뭐가 무섭다는 건가?"

그의 물음에 구지신개가 고갤 흔들었다.

"자넨 그를 지금 딱 한 번 마주했을 뿐이지. 하지만 난 아니네. 진정 천기산인의 유지를 받았다고 한들 넉넉잡아도 고작 1년여. 그리고 내가 여기서 지켜봤던 기간을 생각하면 간간이 소름이 돋을 지경이라네. 그는 어제와 오늘이 다르네. 그 누구도 그렇게 성장할 수 있다는 걸 나는 그를 마주하기 전까지는 들어본 기억도 없고 본 적도 없네."

"……그 정도인가?"

"정 믿지 못하겠다면 자네 조카들에게 물어보면 빠르겠지. 누군가가 그에게 사사(師事)했다는 말은 들어본 적이 없네. 그런데도 그는 자신의 부족한 부분을 빠르게 채워나가고 있지. 마치 모든 단계를 알고 있다는 듯이 발전해나가고 있네. 아무런 막힘도 없이."

물론 이 부분은 구지신개의 착각이었다.

지악천은 명백히 자신의 부족한 부분을 강성중을 비롯한 제갈 남매에게 도움을 받았다.

하지만 구지신개가 그것을 그렇게까지 세세하게 알 순 없었다.

자신보다 떨어지는 이에게 뭔가를 도움 받는다는 것을 예상하기 힘든 부분도 없지 않았다.

"그래. 구지신개. 자네의 말은 알겠네. 하지만 그렇다고 달라지는 건 없네. 그리고 그 부분 또한, 우리가 그를 이끌어야 할 부분이 아니겠는가. 결국 모든 건 그분께서 결정하실 것이네. 그분의 발언권에 비하면 우리는 아무것도 아니니."

"……."

"그리고 자네의 불안감이 뭔지 모르진 않지만, 세상일이 항상 우리 뜻대로 돌아가던가. 결국엔 하늘이 그렇게 정해주시는 것이니까. 흐르는 장강의 물결에 몸을 맡겼다고 생각하시게나."

구지신개의 입장에선 제갈수의 말은 그저 답답할 뿐이었다.

"하…… 모르겠다. 모르겠어. 이번에 난 그냥 빠질 테니까 알아서 의견 타진하고 나중에 소식 부탁하겠네."

"아니, 자네가 그렇게 빠지면……."

"나보다 더 많은 정보를 가진 곳이 자네 세가이니 더 취합하기 좋지 않겠나. 알아서 하게. 난 2년 정도 바쁘게 지내게 될 거 같으니."

그 말을 끝으로 구지신개가 몸을 날려 빠르게 사라졌다.

홀로 남은 제갈수는 구지신개가 말했던 2년이라는 말에 살짝 호기심이 일었지만 이미 물어볼 사람이 사라진 마당이니 금세 호기심을 끊었다.

'……일단 애들에게 얘길 들어봐야겠군.'

돌아온 지악천은 곧장 차진호에게 가볍게 통보했다.

"그 거지에게 말해놨으니까 언제라도 떠날 수 있게 준비해둬."

"벌써?"

"하루라도 일찍 준비하는 게 맞는 거야. 그리고 그 녀석은 어디 있어?"

"후 형? 아마 방에 있겠지."

"거참, 몇 대 맞았다고 삐지긴. 알았다. 너도 짐 정리 끝내고 찾아와. 아까 말했던 금자 줄 테니까."

"아."

"그리고 너 금자 받은 거 그 거지에게 따로 말 안 했고, 잘 먹이라고 금자 5냥 줄 거니까. 그냥 주는 대로 잘 먹고."

지악천의 말에 차진호는 고개를 갸웃거렸다.

그의 말은 자신이 당장 지금이라도 떠날 수도 있다는 듯한 느낌을 물씬 풍겼기 때문이다.

"아니, 당장 가는 것도 아닌데 무슨……."

"그거야 모르지. 그 거지가 언제 올지는 말이야. 아무튼 짐 챙겨놓고 와서 받아가기나 해. 아니면 내가 전장에 넣어주리? 전장에 네 이름으로 하나 해놓을 테니까 수결이나 하나 남겨 놓고 가든가. 그러면 내가 천금전장에 넣어 줄 테니까."

지악천의 말에 차진호가 반색했다.

"그러면 저야 좋죠."

아무래도 금자 10냥을 가지고 다닐 만한 깜냥이 부족했다.

"그래? 그러면 그쪽으로 해줄 테니까 가서 준비나 해 놔."

지악천의 말에 차진호가 실실 웃으면서 빠르게 숙소를 향해서 움직였다.

그런 차진호의 뒷모습을 보던 지악천은 일단 자리에 앉아서 차진호의 업무를 대신 봤다.

'최대한 빨리 인수인계해야겠네.'

그대로 지악천은 관졸 하나를 불러서 그에게 후포성을 불러오라고 시켰다.

오랜만에 외유하지 않고 포두 본연의 업무를 보게 된 지악천은 잠시지만 이전 기억을 더듬어갔다.

'진짜 예전에는 어떻게 지냈는지 알 수 없을 지경이네. 그때는 정말 정신없이 바빴는데 말이야.'

그의 기억 속에 있는 이맘때의 지악천은 정말 정신없이 바빴다.

아무런 인수인계를 받지 못하고 모든 업무를 스스로 머릴 싸매고 있었을 때였으니까 말이다.

거기다 지금은 자신의 손으로 지워버렸던 칠성방, 매동방, 창골방이 일으킨 사건 사고를 수습하러 다닐 때였다.

'그놈들 치워버린 게 다행이긴 하네. 지금 생각하면 굳이 그러지 않아도 되긴 했지만 말이야.'

당시에 자신이 편해지기 위해서 그랬지만, 지금 와서 생각하면 다른 선택도 존재했다.

물론 그 다른 선택이 포두라는 자신의 직책과는 어울리지 않은 선택이긴 했다.

'물론 그 선택이 더 윤택하고 편한 생활이 될 수도 있었겠지만, 지금도 나쁘진 않겠지. 나나 다른 이들을 위한다면 더더욱.'

그렇게 생각하던 와중에 후포성이 지악천을 발견하고 다가왔다.

"찾으셨습니까."

"이리 와봐."

지악천의 다가오라는 손짓에 천천히 앞에 선 후포성이 불안한 눈으로 그를 바라봤다.

"근시일 내로 그때 봤던 거지가 진호를 데리고 갈 거야."

지악천의 말에 후포성의 눈이 커졌다.

"예? 구지신개가 진호를 데려간다고요? 제자로?"

"말은 끝까지 들어야지. 제자는 아니고 제대로 봉술을 가르치고 싶다고 해서 그러라고 했지. 기간은 대략 2년, 통과기준은 너."

지악천이 손가락으로 후포성을 가리키자 그는 당황한 기색이 역력했다.

"예? 저요?"

"어. 절정 무인에게 이기진 못해도 지지 않거나 버틸 수 있을 정도."

"아니, 그게 쉽답니까? 아무리 녀석의 재능이 출중하더라도 외공의 한계는 명백한데."

"그 한계가 명백한 외공을 익힌 녀석에게 가진 내공의 절반을 써도 이기지 못한 사람이 누구더라?"

"……."

명백한 진실에 후포성은 한순간 입을 다물 수밖에 없었다.

지악천의 말대로 자신이 그 가능성을 보여줬기 때문에 지악천이 허락했을 확률이 높았다.

"아니, 그래도 같은 절정이라도 사람마다 가진 바 무공이 다르고 수준의 깊이 또한 다르지 않습니까."

후포성은 차진호가 절정 무인을 상대로 버틸 수 없다는 말을 완곡하게 돌려 말했다.

"누가 그걸 모를까? 그리고 사실 버티지 못해도 딱히 상관없어. 단순한 대련과 상대의 목숨을 노리는 상황이 같다곤 할 수 없으니까. 물론 그 거지가 진호를 어떻게 수련 시키냐에 따라서 다르겠지만."

"아니, 그럼 왜?"

"그러고 싶었으니까. 너도 알고 있지만, 녀석의 재능은 사실 심상치 않은 수준이잖아? 수련을 시작한 지 얼마 안 된 외공으로 전귀라고 불리는 절정 낭인인 너와 나름대로 대등하게 버텼으니까. 아무리 내공을 제한했다고 하더라도 말이야. 안 그래?"

지악천의 말은 후포성 역시 동의하지 않을 수 없었다.

"맞습니다. 물론 그 바탕에는 독하다 싶을 정도의 노력이 있었지만요."

"알지. 하지만 그런 것이 단순히 노력만으로 될 수 없다는 것도 사실이니까. 그러니까 보내는 거야. 나도 너도 강형도 제갈세가 쪽도 봉술에 대해서 아는 바가 별로 없으니까."

"아. 확실히 구지신개라면…… 그가 봉술에 능통하진 못한다 해도 저희보단 월등하게 이해도가 높겠군요."

"그렇지. 내 선에서 가르칠 수 있는 건 고작 그 정도야. 관에서 가르치는 수준에 불과하지. 그건 금의위로 가더라도 그 부분만큼은 변하지 않는 사실이야. 금의위들조차 창이나 봉을 쓰는 이들이 극소수에 불과하니까."

낭인이기에 이런 부분까지 후포성은 이해한다는 듯이 고개를 끄덕였다.

하지만 이내 의문이 가득 들어찬 표정을 한 채로 물었다.

"……근데 저한테 이런 얘길 왜?"

후포성은 문득 지악천이 굳이 자신에게 이런 얘길 왜 하는지 이해할 수 없었다.

더군다나 2년 동안 자릴 비우는데 자신이 대상이라니?

곰곰이 생각해볼수록 이해할 수 없는 것들 투성이였다.

"쯧, 돌려 말해도 이해하지 못했네. 당연히 네가 진호의 빈자리를 채워야지. 누가 채워."

혀를 차며 너무나도 당연하다는 듯이 말하는 지악천의 말에 후포성이 한 걸음 뒤로 물러서면서 소리쳤다.

"예?! 제가요?! 왜요? 아니, 그보다 싫습니다!"

"내가 너를 잘 보살펴 주고 무공도 봐주고 돈도 줬는데. 고작 그것도 하기 싫다고. 그래, 뭐, 좋아. 그럴 수 있지. 당사자가 하기 싫다고 하니까. 그렇다면 나도 할 수 없지. 네가 내 목숨을 노렸던 적이 있으니까. 일단은 살인미수부터 걸고 가자. 나머지 여죄는 탈탈 털어보면 뭐라도 나오겠지."

우두둑.

자리에서 일어나면서 가볍게 목을 푸는 지악천의 모습에 후포성의 이마에 땀이 송골송골 맺혔다.

후포성이 재빨리 양손을 뻗었다.

"자, 잠깐!"

"잠깐 같은 소리 하네. 현행범을 앞에 두고 멈춰달라고 하면 멈추는 포두 봤냐?!"

턱. 퍽!

탁자를 짚고 뛰어넘은 지악천이 그대로 후포성의 가슴팍을 걷어차 버렸다.

그리고 쓰러진 후포성에게 다가가 빠르게 마혈과 아혈을 짚었다.

"점혈은 내일 아침에나 풀릴 테니까. 나중에 감옥에서 다시 대화하자고."

쓰러진 후포성을 보며 비릿한 미소를 한 지악천이 관졸들을 불러 점혈 당한 후포성을 감옥으로 보내버렸다.

"일단 하난 해결한 거 같네."

지악천은 이미 후포성이 승낙할 거라는 확신이 가득 찬 모습이었다.

그리고 그대로 현령의 집무실로 향했다.

차진호에 대해서 말도 해야 하고 그 후임이 될 후포성에 관해서도 얘길 해야 했다.

같은 시각 제갈수는 제갈청하와 제갈청운을 마주하고 있었다.

"흐음…… 많이 좋아졌구나. 둘 다."

제갈수의 말에 제갈청하와 제갈청운이 약간 어색한 표정으로 어정쩡하게 고갤 끄덕였다.

제갈 남매는 자신들의 앞에 있는 숙부인 제갈수와는 거의 1년에 한 번 겨우 볼까 말까 할 정도로 내외한 사이였기에 어쩔 수 없었다.

거기다 제갈수가 이곳에 온 이유가 구지신개 때문이라는

걸 알고 있지만, 그에 관해서 묻지 못했다.

그런 것을 묻는 자체가 상대에게 실수하는 것이기 때문이다.

"왜? 궁금하더냐? 그가 나를 왜 찾았는지."

"아, 아닙니다. 숙부님."

"그래. 알고 싶어도 꾹 참아라. 그게 너희에게 도움이 되니까. 어차피 나와 그의 관계는 형님. 아니, 가주님도 내 개인적인 일까진 모르니까."

"그렇군요. 알겠습니다. 관심은 접겠습니다."

관심 끄라는 그의 말에 제갈청하는 담담하게 받아들였다.

애초에 제갈수가 이렇게까지 관심을 끊으라고 할 정도면 자신들이 알아서 안 되는 일이기도 했고 또한, 적어도 세가에 흠이 생길 일이라면 이렇게 말하지도 않을 것이기 때문이다.

"너희도 눈치라는 게 있으니까 내가 온 이유가 궁금하긴 하겠지. 그렇지?"

"예."

"솔직하니 좋구나. 그래. 내가 온 이유는 구지신개가 날 부른 것도 있지만, 개인적인 호기심이 컸다. 가주님이 극찬한 그에 대한 호기심. 물론 그를 보니 과연 그럴 만하다는 생각이 들더구나."

"뭐가 그럴 만하다는 거죠?"

"두 형님이 관심을 가질 만하다는 말이다. 이왕이면 인연이 끊어지지 않고 이어가면 좋겠다고 생각이 떠오를 정도로."

"그렇군요."

제갈수의 말에 답한 제갈청하가 얼굴이 순간 붉어지기 무섭게 고갤 숙였다.

하지만 코앞에서 일어난 일을 보지 못할 제갈수가 아니었다.

'타인에게 관심이 없던 아이가 관심을 넘어 호의를 보일 정도란 말인가. 여러 가지로 이 아이의 이런 모습은 참으로 신선하군.'

"아무튼 너희가 아는 지악천 포두에 대해서 말해 줄 수 있겠더냐?"

이미 제갈세가와 구지신개에게 들었던 얘기였지만, 직접 보고 느낀 이들에게 직접 듣는 건 또 다른 것이기에 그로선 당연한 판단이었다.

"예."

제갈청하는 아무 생각 없이 지악천을 처음 마주했을 때부터 시작해서 제갈수가 오기 전까지의 이야기를 전부 다 털어놓았다.

길다면 길고 짧다면 짧은 이야기가 끝났을 때 제갈수는

흥미로운 표정을 하고 있었다.

'얘들이 거짓말을 할 이유가 없으니 정말 그럴 수 있겠군. 확률 자체는 높아졌다. 그렇다면…… 결국엔 누군가를 데려오든지 해서 검증을 해야 한다는 건데…… 흐음. 쉽지 않겠군.'

제갈수는 지악천을 마주했던 첫인상을 떠올리니 왠지 몰라도 쉽지 않을 것 같은 느낌을 받았다.

물론 그것 역시 제갈수의 착각에 불과했다.

단지 지악천이 '거지'를 싫어한다는 걸 잘 몰랐기에 일어난 착각이었다.

다음 날 이른 새벽부터 지악천은 부지런히 움직여 후포성을 가둬놓은 감옥으로 향했다.

그리고 그런 그를 밤새 기다렸다는 듯이 끌려왔던 그대로 널브러져 있는 후포성의 눈빛은 사나움을 품고 있었다.

"크흠. 슬슬 풀릴 때가 됐는데 말이야."

지악천의 말이 끝나기 무섭게 후포성의 몸이 스르륵 풀리기 시작했다.

"끄으응."

대략 6시진 동안 몸이 굳은 상태에서 풀리자 앓는 소리가 후포성의 입에서 절로 나왔다.

"아아. 너무한 거 아닙니까? 그냥 싫다고 했다고 했을 뿐인데."

"은혜를 똥으로 갚는 놈은 그래도 마땅해. 아무렴 그렇고말고."

자답하는 지악천의 행태에 후포성은 절레절레 고갤 흔들었다.

"그리고 낭인 보고 포두를 하라는 말을 누가 듣습니까? 그리고 저 나름대로 낭인들 쪽에선 이름 좀 날렸는데 너무 푸대접하는 거 아닙니까."

"그래서, 나 이길 수 있어? 난 너처럼 이름 별로 안 날렸는데, 그리고 넌 지금 살인미수 현행범인데?"

"끄으응."

지악천의 말 자체는 틀린 부분이 없기에 후포성이 할 수 있는 말은 없었다.

"그래서 할 거야 말 거야? 안 한다면 살인 미수범으로 옥살이 좀 하다가 태형 한 500대로 끝내줄게. 같이 지낸 시간이 있는데 죽일 수는 없으니까. 물론 반항하지 못하고 내공은 묶어놔야겠지?"

태형 500대면 사실상 죽이겠다는 말과 다를 게 없었다.

일반인들은 50대만 맞아도 정신이 오락가락하는데 500대라니 상상만 해도 끔찍했다.

"하아."

한숨을 내쉰 후포성이 미간을 찌푸린 채로 한 손으로 이

마를 감쌌다.

도무지 물러설 기미가 보이지 않으니 결국 선택은 하나뿐이라는 걸 알기 때문이다.

"좋습니다. 좋아요. 다 좋은데. 봉급은요? 설마 포두 봉급에 만족하라는 건 아니겠죠?"

"기본 포두 봉급에 은자 5냥."

"아니, 최대 2년이라면서요. 2년 동안 포두를 해야 하는데 고작 은자 5냥이라고요? 안 됩니다. 절대."

후포성이 절대 안 된다는 듯이 고개를 거칠게 흔들었다.

지악천이 그럴 줄 알았다는 듯이 곧장 다른 조건을 제시했다.

"은자 7냥. 이 이상은 안 돼. 어차피 바쁜 지역도 아니고 포두 봉급까지 치면 적은 액수는 아니야. 거기다 나랑 꾸준히 대련도 할 수 있으니 나쁜 조건은 아니지. 안 그래? 그리고 여기서 먹고 자고 다 할 수 있는 건 당연하고."

"……크흠."

솔직히 안정적으로 수입을 챙길 수 있다는 부분은 크긴 했다.

지금까지 이곳에서 생활했던 만큼 어느 정도 적응한 부분도 없지 않고, 같이 다니면서 지악천이 누군가에게 뒷돈 받거나 그렇지는 않았기에 큰 어려움은 없어 보였다.

'혹하긴 하는데…….'

나름대로 오랜 낭인 생활로 어딘가에 정착한다는 게 좀 어색하다는 것이 문제였다.

아무리 길게 있어도 반년 이상은 한곳에 머문 적이 없었 는데 갑자기 2년이라니, 후포성의 입장에선 고민하지 않 을 수 없었다.

물론 그 부분을 제외한 다른 부분은 너무나도 좋았다.

"고민 좀 해도 됩니까?"

"길게 못 준다. 자."

고민하는 그를 보며 지악천이 가벼운 미소를 지으며 손 을 뻗었다.

지악천의 손을 잡은 후포성이 가벼운 한숨과 함께 몸을 일으켰다.

"이제 갈까? 아침 먹고 쉬었다가 대련 시작해야지?"

손을 당겨서 후포성을 일으키는 동시에 그의 어깨에 팔 을 올린 지악천이 생글거리며 말하자, 후포성은 고갤 흔들 었다.

결국 평상시처럼 아침을 먹기 위해서 식당으로 온 둘은 먼저 기다리고 있던 차진호를 발견하고 그 자리로 움직였 다.

"후 형. 하기로 했어?"

"뭐냐?"

"후임자가 될 사람인데 알고 있어야지. 인수인계도 해야 하고."

"……."

차진호의 말에 후포성이 지긋이 지악천을 바라봤다.

이미 자신은 후임 포두로 확정된 거나 마찬가지였다.

"아, 그리고 이따가 인수인계해야 하는데 시간 안 빼줍니까?"

"그건 그러네. 대련까지 하면 시간이 애매하긴 하겠다. 업무를 배워야 하니까."

앞서 시간을 준다고 했으나 머릿속에선 이미 그 사실이 사라졌다는 듯이 하는 말에 후포성은 더 어이없었다.

"아니, 저기…… 내 말을 좀."

"그래. 둘 다 빼줄 테니까. 이참에 확실하게 인수인계해. 그래야 나도 편하고 너도 편하고 후임 포두도 편하니까. 난 그러면 거지에게 가서 이틀 뒤에 데려가라고 할 테니까. 그럼 충분하지?"

말을 하는 동시에 지악천은 옆자리에 있는 후포성의 어깨를 꾹 눌렀다. 다른 말이 나오지 않게.

꾸욱.

'큽.'

"히히. 후 형. 내가 제대로 인수인계할 테니까 잘 따라오라고."

차진호는 뭐가 그리 좋은지 실실 웃고 있었다.

그런 차진호를 보니 후포성은 싫다는 말을 차마 할 수가 없었다.

결국엔 후포성은 다시금 한숨을 내쉴 수밖에 없었다.

'그래. 좋게좋게 생각하자.'

강성중은 정오에 맞춰 여느 때와 같이 항상 가는 객잔에 들어섰다.

"오늘은 혼자네? 후포성은?"

"아, 인수인계 받고 있지."

"인수인계?"

"아, 말 안 했던가? 후포성을 진호 대신해서 포두 자리에 넣기로 했거든."

지악천의 말에 강성중이 고갤 갸웃거렸다.

말을 잘못 들었다고 생각했다.

"응? 대신 포두로 넣다니? 누굴? 전귀를?"

"어. 어제 거지 만나서 얘길 했거든 며칠 이내로 진호 데려가는 거로."

"데려간다고? 제자로?"

그 말에 지악천은 냉큼 고갤 흔들었다.

"아니, 절대 그럴 수 없지. 그냥 봉술에 대해서 제대로 배우기 위해서. 그에 대해선 이미 합의를 끝냈어. 개방엔 들어가지 않기로. 만약 개방에 들어가면 내가 총타 쳐들어가서 깽판 치겠다고 했거든."

"하하."

지악천의 말에 강성중은 헛웃음이 절로 나왔다.

어떤 누가 감히 구지신개 앞에서 총타에 쳐들어가서 깽판 치겠다고 말하겠는가.

말 그대로 이쪽에 대해서 거의 모르는 지악천이니까 가능한 말이었다.

"그게 가능하다고 생각해?"

혹시나 해서 하는 말에 나오는 답은 그야말로 가관이었다.

"힘들까? 바로 못 쳐들어가면 수련해서 가면 되지. 언젠간 가능하지 않겠어? 최소 그때 봤던 불취개라고 했던가? 그 거지만큼 강해지면 충분하지 않겠어?"

"말을 말자."

고갤 절레절레 흔든 강성중은 그 부분에 대해서 생각하지 않기로 했다.

지악천과 관련돼서 적어도 그가 하고자 했던 일이 실패한 걸 본 적이 없었다.

그리고 불취개 수준까지 끌어올리겠다고 하는 걸 보면 아주 정신이 나갔다고 보기도 힘들었다.

"오늘 대련은 빼자고. 저녁에 송별회 좀 해줘야지 2년 동안 구르고 구를 텐데."

"음……."

지악천의 말에 강성중은 구지신개가 이제까지 제자를 들인 적이 없다는 사실을 떠올리며 고갤 끄덕였다.

"그래. 아마 엄청 고생할 테니까. 배부르게 먹여야지."

"고생? 에이, 죽는 것도 아닌데 어떻게든 버텨내겠지. 그리고 이제까지 했던 고생보다 쪼금 힘들겠지."

"과연 그럴까?"

"뭐, 내가 고생할 거 아니니 어떻게든 되겠지."

"어휴."

강성중은 속으로 차진호의 명복을 빌었다.

'버티고 버티다 보면 광명이 보일 거다.'

그렇게 강성중에게 간단하게 알린 지악천은 그 길로 바로 구지신개를 찾았다.

바로 데려가라고 했지만, 인수인계를 마칠 때까지 약간의 시간이 필요했기에 당장 데려가지 말라고 할 셈이었다.

그렇게 구지신개가 있을 만한 곳을 거의 둘러봤지만 좀처럼 그를 찾을 수가 없었다.

"아니, 이 미친 거지는 어디 있는 거야?"

항상 같이 다니던 백촉까지 새벽에 사냥을 보냈더니 막상 구지신개를 찾을 길이 요원했다.

'아, 여러 가지로 짜증나네. 일단 돌아가서 기다려야겠어.'

그렇게 한참을 돌아다니던 지악천은 다시 현청으로 향했다.

현청으로 돌아온 지악천의 눈에 바쁘게 이곳저곳을 돌아다니며 현청에서 일하는 이들에게 후포성을 소개하고 있는 차진호의 모습이 들어왔다.

'바쁘네. 흐음…… 일단 백촉이 올 때까진 기다리긴 해야 할 텐데 얘는 도대체 얼마나 사냥하고 있는 거야?'

그들의 모습을 지켜보던 중에 관졸이 그에게 다가왔다.

"포두님. 누가 찾아왔습니다."

"응? 누군데?"

"제갈수라고 했습니다."

그의 말에 지악천이 턱을 쓰다듬으며 고갤 끄덕였다.

'왜 왔지? 이미 끝난 거 아닌가?'

의문이 들었지만 찾아온 이유가 있을 테니까 다시 밖으로 향했다.

정문을 나선 지악천은 주변을 두리번거리다 담벼락에 서 있는 제갈수를 발견하고 그에게 다가갔다.

"절 찾으셨다고?"

"맞네. 자넬 찾았지. 상황에 따라서 자네에게 사람들이 더 찾아올 예정이니까. 어느 정도 설명을 해줄까 해서 말이지."

제갈수의 말에 지악천은 미간을 찌푸렸다.

"어제로 끝난 거 아닙니까?"

"맞네. 간단한 확인 절차는 끝났지. 다음은 일종의 검증이랄까? 어제 내가 천기산인을 아는지 물었던 걸 기억하는가?"

질문을 잊을 정도로 바본 아니었다.

"물론이죠. 처음 들어봤다고 했죠."

"그렇지. 그럼 화문강. 이 이름은 들어봤나?"

그의 물음에 지악천의 눈썹이 움찔했다. 그리고 그 모습을 제갈수는 놓치지 않았다.

'화문강? 설마?'

"화문강? 그게 누굽니까?"

나름대로 침착하게 묻는 지악천의 말에 제갈수의 표정은 전혀 변함이 답했다.

"화문강. 천기산인의 별호의 주인이지. 아주 특별한 사람이었지."

"혹시 죽은 사람입니까?"

그 물음에 제갈수는 가볍게 어깰 으쓱였다.

"아직까진 불분명하다네. 정확히는 죽었는지 살았는지 모르네. 단지 추측할 뿐이지. 세월이 세월이니."

"죽었는지 살았는지도 모를 정도로 종적을 감춘 사람에 대해서 왜?"

"아마도 자네가 그와 마지막으로 만난 사람이 될 수도 있기 때문이라네."

"뭐, 좋습니다. 근데 검증은 무슨 얘깁니까?"

"자네가 천기산인 화문강의 유지를 이은 사람인지 검증을 한다는 말이라네."

"그 유지가 뭡니까?"

"말해줄 순 없네. 아직 자네가 유지를 이었는지 모르니까."

"그럼, 만약 유지를 이었다면 어떻게 됩니까?"

그 말에 제갈수가 당연히 불가능하다는 듯이 고갤 흔들었다.

"미안하지만 그것 역시 말해줄 순 없네."

이미 예상된 답변이기에 그다지 실망하진 않았다.

"결국엔 더 귀찮게 하겠다는 말이군요?"

"어차피 기다리면 자연스럽게 알게 될 것이네. 그렇게 보채지 않아도 말이지. 자네가 맞는다면 모든 걸 알게 될 텐데. 그리고 말했듯이 이후에 만남에 쓸데없는 시간을 소비하지 않기 위해서 미리 말을 해둘 뿐이라네."

"그 말도 이해하지 못할 정도로 바보는 아닙니다만?"

"그냥 알아두라는 거네. 단지 이후에 다시 만난다면……아닐세. 아무튼, 한 달 안에 다시 보게 될 거네."

그 말을 끝으로 제갈수는 돌아가고 이 자리에는 지악천 홀로 남았다.

'일단 강 형에게 물어보긴 좀 그렇군. 저쪽에서 조심스럽게 움직이는 이유가 있을 테니까. 일단은 기다리긴 해야겠네. 어차피 딱히 할 일도 없으니까.'

모든 일정을 취소했기에 지악천은 나름대로 오랜만에 집무실이 아닌 숙소에 있는 침상에 누워서 가벼운 낮잠을 청했다.

그렇게 얕은 잠을 취하는 중에 바깥에서 느껴지는 소란스러움에 눈을 떴다.

'무슨 일이지?'

분명 큰일이라면 자신을 찾아왔겠지만 그렇지 않은 걸 보니 나갈지 말지 고민했다.

"미야앙."

때마침 밖에서 들려오는 백촉의 울음에 자연스럽게 문을 열었다.

폴짝.

문을 열자 백촉이 곧바로 지악천을 향해서 안겨들었다.

지악천은 그런 백촉을 가볍게 안았다.

큰 덩치와는 다르게 복슬복슬한 털이 워낙 많아서 그렇지, 보기와는 달리 정말 가벼웠다.

"근데 얼마나 먹은 거야? 배가 터질 듯이 빵빵하잖아."

사슴 한 마리를 전부 먹어도 이렇게 배가 빵빵한 적이 없었던 백촉이었는데 아주 양껏 사냥한 모양이었다.

"히이잉."

지악천의 말에 백촉이 앞발로 자신의 눈을 가렸다.

"아이고 여러 가지 한다. 내려와."

그 말과 함께 지악천이 안고 있던 팔을 가볍게 풀자 백촉이 자연스럽게 밑으로 스르륵 미끄러졌다.

"미양."

"안 따라와도 되니까. 쉬고 있어."

백촉을 방안에 두고 밖으로 나간 지악천은 여전히 소란스러운 곳으로 발길을 옮겼다.

소란스러움의 중심지는 관졸들이 쓰는 연무장이었다.

'누가 대련 중인가?'

퍽!

"우와와아아아!!!"

타격소리가 울리고 이어지는 함성에 지악천은 고갤 갸웃거리며 천천히 다가갔다.

그리고 그때 차진호의 목소리가 울렸다.

"아오, 아파라. 다들 봤지? 실력으로 따지면 도저히 이길 수 없는 수준이야. 물론 지악천 포두님과 비교할 정도는 아니지만, 이 정도도 대단한 거라고."

"와아아아아아아!"

"그러니까 다들 잘 모시라고, 괜히 까불다가 다쳐. 인상도 험한데 까불면 감당 안 되니까."

'애들 모아놓고 둘이서 무력시위를 했군. 낙하산이 아닌 실력이 있다는 걸 보여줌으로써. 내가 본인에게 했던 걸 영리하게 이용했네.'

그렇게 조용히 왔던 지악천이 조용히 돌아가는 중에 관졸이 다가왔다.

"밖에 포두님을 찾는 사람이 있습니다."

"또? 누군데?"

"거지입니다."

"거지? 알았으니까 가봐. 가볼 테니까."

'알아서 찾아오네. 괜히 나가서 찾아다녔잖아.'

그렇게 살짝 짜증을 낸 지악천은 천천히 밖으로 향했다.

살짝 초조한 기색으로 지악천을 기다리던 구지신개가 그를 발견하고 다가왔다.

"오오. 나왔군."

"벌써 데려가려고 오셨습니까?"

"아아. 아직은 그건 아니고 수련할 장소를 물색하고 돌아왔다네."

"장소? 어디로 가기에?"

"하남. 천중산(天中山). 거기에 수련용으로 쓰던 동공(洞空) 하나 빈다길래 확인하고 오는 길이라네."

"그렇군요. 그런데 굳이 지금 왔다는 건 바로 데려가겠다는 겁니까?"

"아니, 아예 아무것도 없어서 준비하려면 시간이 좀 더 있어야 하네. 최소한 살 수 있게 준비를 해야 하니까. 그리고⋯⋯."

구지신개가 말끝을 흐리며 지악천을 흘깃거렸다.

'뭐야? 왜 저래? 아⋯ 그냥 달라고 할 것이지.'

지악천은 순간 구지신개가 왜 저러는지 의아해했지만, 이내 이해하고 품에서 전낭을 꺼내 들었다.

"금자 5냥이었으니까⋯⋯."

뒤적뒤적.

짤랑짤랑.

움찔움찔.

묵직한 전낭에서 소리가 들릴 때마다 구지신개의 귀도 같이 움직였다.

잠시 뒤적거리던 전낭에서 지악천의 손이 빠져나오자 딸려오는 금들이 구지신개의 눈을 자극했다.

"오⋯⋯."

지금 이 순간 구지신개는 지악천에 대한 의심과 불신을 거둬들였다.

"천금전장에서 받아온 금자니까 확실할 겁니다."

천금전장이라는 말에 구지신개가 고갤 주억거렸다.

"천금전장이라면 믿을 만하지. 많은 무림 문파와 세가들이 거래하는 전장이지. 물론 개방도 그렇고."

"일단 받으시죠?"

지악천의 말에 성큼성큼 다가가서 금자를 손에 쥔 구지신개는 물러서는 와중에 문득 의문이 들었다.

'근데 포두가 된 지 얼마 안 됐다고 들었는데 이런 거금을 어디서 났지?'

구지신개는 끝내 지악천에게 금자에 대한 출처를 묻지 못했다.

설마 자신에게 주는 금자가 문제가 있는 것일 리가 없다는 생각 때문이다.

실제로도 전혀 문제없는 돈이었다.

제갈세가가 천금전장에 보내준 돈이었으니까.

"아무튼, 준비 끝내면 데리러 오겠네. 자네 말대로 2년 동안 개방의 무공을 제외한 모든 걸 가르치도록 하지. 처음으로 맡은 제자를 무기명제자로 삼아야 한다는 게 아쉽지만 말이야."

대놓고 섭섭한 티를 내는 구지신개의 모습에 지악천은 담담히 내뱉었다.

"욕심의 끝은 언제나 파멸입니다."

"에잉. 쯧, 됐네 됐어. 어찌 됐든 가볍게 가르칠 생각은 추호도 없으니 2년 후를 기대하게나. 그깟 낭인 녀석 하나쯤은 쉽게 버틸 수 있게 만들어 놓을 테니까."

그 말에 지악천은 겉으론 담담한 표정이었지만 속으로

미소를 지었다.

'과연 그게 쉬울까. 녀석도 나랑 거의 매일 같이 대련하면서 앞으로 나아갈 텐데.'

"뭐, 그 부분은 믿겠습니다. 말했던 대가는 그대로 지급할 겁니다. 금자 50냥."

지악천의 말에 구지신개는 자신만만했다.

"2년 후 금자 50냥 잘 받겠네."

"얼마든지요."

"그럼, 준비 마치는 대로 다시 찾아오겠네."

"그렇게 하시지요. 그럼 다음에. 아, 잠시만요. 묻고 싶은 게 있는데 물어도 되겠습니까."

가라고 인사하던 지악천이 자신을 부르자 구지신개는 고갤 갸웃거렸다.

"뭔데 그런가?"

"조금 전에 화문강이라는 이름을 들었습니다. 그에 관해서 물어도 되겠습니까."

번뜩!

지악천이 화문강이라는 이름을 내뱉는 순간 구지신개의 눈빛이 사납게 돌변했다.

이제까지 지악천이 어떻게 해도 단 한 번도 드러내지 않았던 기세와 눈빛이었다.

"누구에게 들었는가? 그 이름."

상당히 민감하게 반응하는 구지신개의 모습에 지악천은 확실히 뭔가 있구나 싶었다.

"제갈수."

"그가 직접 찾아와서 말한 건가? 아니면 떠보는 것이면 곤란해. 사람 목숨 두 개도 아니니 장난치면 곤란하다네."

"직접 찾아와서 말했습니다. 얼마 있다가 누군가가 나를 찾아올 텐데 뭐 때문에 오는지는 정도는 알아야 빨리 일을 마친다고 말한 게 그 이름이었습니다."

"하아…… 진정 그렇게 말했나?"

그 말에 지악천이 고갤 끄덕였다.

"제갈수가 그렇게 말했다면 궁금해 하지 말고 기다리면 자연스럽게 알게 될 걸세. 자넬 찾아올 사람이 누군지. 뭐, 자네가 알고 있는지는 모르겠지만, 막 대할 생각은 아예 하지 않는 게 좋을 것이네. 뭐, 그 누구도 쉽게 하긴 힘들 겠지만."

지악천이 무슨 뜻이냐고 물어보려는 순간 구지신개가 손을 들며 제지했다.

"그에 대한 질문은 받지 않겠네. 어차피 그때 가면 왜 그 랬는지 이해할 수 있을 거로 생각하니까. 아무리 무림에 대해서 무지한 자네라도. 나나 제갈수가 왜 그랬는지."

말해주지 않을 거라는 말에 지악천은 그냥 포기했다.

"알겠습니다."

"그에 대한 소감은 2년 뒤에나 들을 수 있겠군. 아무튼 준비 끝내는 대로 다시 오겠네."

"예. 진호는 알아서 준비시키겠습니다."

"아, 준비는 거창하게 할 필요는 없고 옷 몇 벌과 무게가 다른 철봉들을 준비해주게나. 그 정도는 가능하겠나?"

그 물음에 지악천이 가볍게 고갤 끄덕이자 구지신개가 그대로 몸을 날렸다.

다시 하남의 천중산까지 가서 준비하려면 한 시라도 낭비할 시간이 없었다.

그렇게 나흘째 아침에 구지신개가 다시 찾아왔다.

"준비 끝냈네. 1년 치를 준비했고 그 후 더 채우기로 했네. 자네가 준 게 큰 도움이 됐네."

"다행이군요. 진호도 준비를 끝내놓은 상탭니다. 짐은 최대한 간소화 시켰으니 바로 가도 될 겁니다. 하지만 진호는 경공을 펼칠 수 없는데 어떻게 할 생각입니까? 말이라도 내어드립니까?"

"아니, 그럴 필요 없네. 내가 직접 데려가는 게 제일 빠를 테니."

"확실히 그렇네요. 녀석을 데려오죠."

현청 안으로 들어간 지악천이 봇짐에 철봉들을 쥐고 있는 차진호를 데리고 금방 나왔다.

"일전에 한번 봤지? 널 가르쳐 주실 분이니까 잘 따라야
한다."

지악천의 말에 살짝 긴장한 티가 역력한 차진호가 어색
하게 구지신개를 보며 허릴 숙였다.

"차진호입니다."

"그래. 난 구지신개라 한다. 2년 동안 잘 부탁한다."

池樂天

지악천

第 三 十 四 章 一 화문강

　시간은 빠르게 흐르고 흘러 어느새 나뭇잎들을 털어냈던 나무에 파릇파릇한 싹들이 새로이 트기 시작하는 봄이 다가오고 있었다.

　파닥파닥.

　식탁에 상체를 붙인 채로 어린아이처럼 양발을 허공에서 버둥거리고 있는 후포성은 심히 심심해 보였다.

　"아아. 너무 무료하다."

　"어이구. 무료해? 내가 무료하지 않게 해줄까?"

　후포성의 중얼거림에 어느새 그의 뒤에 나타난 지악천이 한마디 던졌다.

지악천의 말에 후포성은 화들짝 놀랐다.

"으악! 아니, 언제 오셨수?"

"말 돌리지 말고. 심심하지 않게 해줄까?"

"에헤이! 그냥 한 말 가지고 물고 늘어지지 맙시다!"

"쯧, 됐고 저녁에 업무 보고서나 작성해서 가져와. 저번처럼 대충하면 가만 안 둘 거다."

지악천의 말에 후포성이 아주 작게 구시렁거렸다.

"뭐가 있어야 보고서를 작성하든 말든 하지. 그다지 쓸 것도 없는데."

그의 구시렁거리는 소리를 듣지 못했다.

"뭐? 하기 싫다고?"

"에이. 합니다. 해요! 하면 될 거 아닙니까. 왜 꼭 성질을 내고 그럽니까."

"아오. 내가 미쳤지. 이런 걸 주워오다니."

날이 갈수록 반항심이 강해지는 후포성을 두고 지악천이 답답하다는 듯이 가슴을 두드렸다.

"헤헤. 그러면 그만둬도 됩니까?"

"미쳤냐? 넌 내가 진호 돌아오기 전까지 사람 만들고 놓고 만다."

"쳇."

"넌 이따가 보자. 요즘 물올랐다고 까부는데 오래간만에 대련할까?"

지악천의 말에 후포성이 눈을 살짝 감은 채로 고개를 절레절레 흔들며 말했다.

"아아. 우리 포두님 해도 해도 너무하시네. 초절정 고수가 절정 나부랭이를 막 함부로 해도 된답니까? 그리고 나도 엄연한 포두인데 업무에 지장이 생길 수도 있는데."

"야, 그냥 포두 때려치워. 내가 1년 동안 침상에만 누워 있게 해줄 테니까."

최근 들어 계속 장난스러운 비아냥거림이 많아진 후포성의 행동에 지악천이 이제는 참지 못하겠다는 듯이 말하자 후포성이 화들짝 놀랐다.

"아, 아니, 그게 아니고⋯⋯ 저기요? 포두님? 농입니다."

"됐고 따라와. 넌 네가 가만 안 둬."

"그건 싫⋯⋯."

말과 동시에 재빠르게 일어나 도망치려고 했다.

하지만 후포성이 도망쳐 봤자 지악천의 손아귀에서 벗어날 순 없었다.

덥석.

툭.

"어딜 도망치려고."

일어서려는 후포성의 뒷덜미를 잡는 동시에 마혈을 점혈하면서 그가 도망칠 수 없게 했다.

그리고는 그를 끌고 밖으로 향했다.

"아아… 포두님? 밥은 먹고…….."

"시끄럽다."

그렇게 후포성을 질질 끌고 가는 모습을 식당 안에 있던 관졸들이 보면서 거리낌 없이 낄낄거렸다.

이미 저런 모습을 본 게 한두 번이 아니었기 때문이었다.

그들에게 후포성은 뺀질거리면서도 할 일은 완벽하진 않아도 곧잘 하는 사람이었다.

"야야. 걸어."

한 관졸의 말에 주변에 있던 이들이 우르르 달려들어 철전을 걸기 시작했다.

우악스럽게 뒷덜미를 잡힌 상태로 질질 끌려온 후포성은 그대로 연무장에 던져졌다.

지악천은 그를 던지는 순간에 마혈을 풀어줬다.

탁, 탁.

그렇게 내동댕이쳐지는 순간에 마혈이 풀린 것을 인지한 후포성은 가볍게 몸을 회전시키면서 손으로 바닥을 짚었다.

그리고 손으로 몸을 튕겨내며 몸을 회전시켜 양발을 땅에 디뎠다.

올곧게 선 후포성은 지악천을 바라보면서도 입은 열지 않았다.

이미 누차 이런 상황을 반복해왔기에 괜히 입을 열었다가 어떻게 될 진 알고 있었다.

다만 입을 내밀면서 이 상황에 불만이 있다는 것을 강조할 뿐이었다.

"오리새끼같이 주둥이 내밀지 마라. 아니면 다시는 못 내밀게 해줄까?"

지악천의 목소리에 실린 감정은 분노와 짜증이었다.

안 그래도 일전에 제갈수가 말했던 시기를 지나가서 잊고 있던 판국에 최근에 다시 연락을 받았기에 신경이 곤두서 있던 와중에 후포성까지 깝죽거리니 화가 나지 않을 수 없었다.

"다시는 내가⋯⋯."

"지 포두님!"

연무장에 후포성을 향해서 말을 하면서 움직이려는 순간에 관졸 하나가 지악천을 부르면서 뛰어왔다.

"무슨 일이야?"

"헥, 헥. 어떤 분이 포두님을 찾습니다."

"어떤 분? 누군데?"

"하악. 예? 그, 그게⋯⋯."

그는 말을 흐렸다.

차마 지악천을 찾는 사람에게 묻기 힘들었던 모양이었다.

"됐다. 가봐 금방 갈 테니까."

그 말에 관졸은 후다닥 달려갔다.

급한 마음에 달려오긴 했지만, 연무장에 있는 지악천과 후포성의 모습을 보고 익히 보고 들었던 그 상황이라는 걸 알았기 때문이다.

"쯧, 운 좋았다. 이번엔 그냥 넘어가는데 두고 본다."

지악천이 그대로 몸을 돌려 밖으로 향했다.

지악천의 뒷모습을 바라보고 있던 후포성은 자신의 시야에서 지악천이 사라지자 그제야 잔뜩 굳은 표정을 풀어내며 깊은 한숨을 내쉬었다.

"어휴…… 진짜 죽는 줄 알았네."

괘씸한 후포성을 뒤로한 채로 현청 밖으로 나오자 기다리는 건 두 달 만에 보는 제갈수였다.

"오래만? 이라고 해야겠지?"

"두 달이 적은 시간은 아니지요."

"항상 예정대로 일이 되는 건 아니니. 어쩔 수 없지. 하지만 이렇게 왔지 않은가."

살짝 어깰 으쓱하며 능청스럽게 행동하는 제갈수를 보며 지악천이 말했다.

"그래서 절 만나러 온다는 분은 왔습니까?"

"오셨긴 하지만, 이곳은 아니네."

이곳이 아니라는 제갈수의 말에 지악천의 눈살이 절로

찌푸려졌다.

"그 말은 나보고 같이 그곳으로 가잔 말입니까?"

"어쩔 수 있는가. 그분께서 이곳이 아닌 형산에서 자넬 보고자 하시는데. 나로서는 달리 방도 없네."

"아니, 도대체 누구길래 그러는 겁니까?"

"공식적인 배분 중에선 최고에 계신 분 중에 한 분이라고 생각하면 되네. 물론 비공식적으로도 그다지 차이가 없을 수도 있겠지만."

지악천은 무림에 내려오는 배분에 대한 개념은 거의 없었다.

그 말은 당연히 제갈수가 하는 말을 이해할 수 없다는 말이었다.

"그렇게 말해도 누군지 모르겠습니다만?"

"아. 미안하네. 자꾸 자넬 볼 때마다 자네가 누군지 잊어버리는군. 진정으로 사과하겠네. 이렇게 된 거 단도직입적으로 말해주겠네. 혹시 우내삼성(宇內三聖)이라고 들어봤나?"

"아니, 어릴 때부터 귀가 따갑게 들었죠. 애들이 따라하면서 놀기 좋지 않습니까."

"하하. 그건 그렇지."

"설마 그분들 중 한 분이라는 겁니까? 절 만나러 온 사람이?"

말을 하는 지악천의 눈에는 불신이 가득 들어찼다.

우내삼성이 무슨 아이 이름도 아니고 갑자기 우내삼성이라니? 이해할 수 없었다.

"내가 굳이 무리수를 두면서 자네에게 그렇게까지 할 필요는 없지 않은가."

확실히 그 말대로 제갈수가 지악천에게 장난칠 이유는 없었다.

더군다나 우내삼성이라는 이름의 무게감을 지악천보다 훨씬 더 잘 알기에.

'생각해보면 그 거지도 말하기 꺼렸지. 과연 그럴 만했다. 이건가.'

"그렇다면 얼마나 걸리겠습니까. 저도 제 직무가 있는 처지라 마냥 자리를 비울 순 없습니다만."

"음… 길면 하루? 그 정도면 되지 않을까 싶네."

말하는 제갈수의 표정은 그다지 확실하지 않은 듯했다.

"더 걸릴 수도 있겠군요?"

"뭐든 확실하겐 말하진 못하겠네. 나도 종잡을 수 없는 분이니까."

"……알겠습니다. 일단 잠시 갔다 오겠습니다."

지악천의 말에 제갈수는 미안한 표정을 하며 고갤 끄덕였다.

"그러게나."

그대로 돌아서서 현청으로 복귀한 지악천은 곧장 현령에게로 향했다.

그리고 곧장 적당히 사정을 둘러대고 허락을 받아 밖으로 나와 바로 후포성에게로 향했다.

"야, 일 생겨서 길면 며칠 정도 자리 비울 수 있으니까. 애들 관리 잘하고. 사고 치지 말고 알았어?"

"알겠습니다. 근데 어딜 가시는데 그럽니까?"

그 물음에 지악천은 고갤 흔들었다.

"그냥 그렇게 알고 있어. 네가 알아봤자 아무런 도움 안 되니까."

그 말에 후포성이 불만 가득한 표정을 했지만, 이미 지악천은 그를 지나쳐 밖으로 향하고 있었다.

"가시죠. 며칠 정도 시간 벌었으니까. 어떻게든 되겠죠."

"잘했네. 그럼 바로 가면 되네."

제갈수의 말에 지악천은 의아한 표정을 지었다.

"예? 같이 가시지 않는 겁니까?"

"같이 갈 순 없지. 애초에 난 목적지만 가르쳐 줄 뿐이야. 판단은 그분이 알아서 하는 거라네. 자넨 가서 그분을 만나든 만나지 못하든 돌아와서 나에게 한 가지만 말해주면 되네. 그냥 그분을 만났는지, 못 만났는지. 다른 이야기는 하지 않아도 되네. 알겠나?"

"예. 그러면 어디로 가면 됩니까?"

"자네가 형산에서 발견했던 꽃밭으로 가면 되네. 유지를 이어받았다면 갈 수 있을 테니까."

그 말에 지악천은 살짝 고개를 끄덕였다.

제갈수가 말한 조건 자체는 어렵지 않았다.

다시 가보진 않았지만, 당시에 환상운무진(幻想雲霧陳)이라는 것을 각인했다는 걸 봤던 기억이 있으니까.

"다녀와서 다시 뵙죠."

"안부 인사나 전해주게."

"예."

그 말을 끝으로 지악천이 형산을 향해서 몸을 날리자 언제나 같이 다니던 백촉 역시 그 뒤를 따라 움직였다.

그리고 그런 백촉을 본 제갈수는 살짝 놀랐다.

큰 덩치에 어울리지 않는 백촉의 존재감은 새삼스럽게 놀랄 수밖에 없었다.

물론 지악천은 사실상 매일 붙어 있기에 별로 신경을 쓰지 않을 뿐이었지만.

남악을 빠져나온 지악천과 백촉은 속도를 올려 빠르게 형산의 초입까지 금방 도착했다.

"음……."

형산 초입에서 멈춰선 지악천은 이전의 기억이 다시 눈에 아른거렸다.

까드득.

시산혈해의 기억이 떠오르다가 이내 벌벌거리는 자신을 따라오는 혈인의 모습이 뇌리에 박힌 듯이 선명하게 떠올랐다.

하지만 피를 뒤집어썼기 때문에 그의 이목구비는 여전히 오리무중이었다.

'만약 다시 만나게 된다면 기필코…… 죽인다.'

지악천이 지금까지 노력한 이유가 혈인에 대한 복수심이었으니 당연했다.

그렇게 다시 한차례 다짐한 지악천은 자신의 곁에서 기다리는 백촉의 머리를 한번 쓰다듬었다.

"올라가기 전에 동굴 한번 가볼까?"

"미양!"

지악천의 말에 울음소리를 내기 무섭게 백촉이 달려 나가기 시작했다.

그렇게 형산의 중턱까지 빠르게 올라온 지악천과 백촉은 동굴 입구 앞에 나란히 섰다.

"오랜만이긴 하네. 들어가 볼까?"

지악천의 말에 백촉이 먼저 앞장서 들어갔다.

동굴 안으로 들어서자 곧바로 지악천은 얕은 혈향을 느낄 수 있었다.

'음? 다른 짐승이 자릴 잡았나?'

고개를 갸웃거리며 걷는 지악천과 달리 백촉은 거침없었다.

그렇게 둘은 그들이 처음 만난 동굴에 도착했다.

동굴은 그때처럼 어두컴컴했지만 그다지 문제 될 정도는 아니었다.

'뼈?'

동굴에 굴러다니는 무수한 동물의 뼈는 그 종류 자체도 다양했다.

당시에 백촉이 모든 기운을 빨아들여 어미와 적저의 흔적은 당연히 존재하진 않았다.

'누가 이렇게 뼈를 쌓아 놓은 거지?'

지악천이 잠시 고민에 빠진 사이 백촉은 자신의 어미가 있던 자리에 똬리를 틀고 앉았다.

"미야양!"

그러면서 자신을 보라는 듯이 지악천에게 소릴 내자 그는 고민에서 깨어났다.

"음? 그래. 썩 잘 어울린다."

흡사 백촉의 모습은 자길 낳아준 어미의 모습을 따라 하는 것 같았다.

"백촉아. 너 여기서 잠시 있을래? 난 위에 볼일 보고 올 테니까. 사냥은 마음껏 하고. 아니면 나 따라갈래?"

지악천의 말에 똬리를 틀고 있던 백촉은 고민하듯이 머

리를 흔들었다.

"굳이 따라올 필요는 없어. 그다지 위험한 일은 없을 테니까."

지악천은 우내삼성의 일인을 만나는 상황이지만 크게 걱정하지 않았다.

지악천이 태어나기 전부터 유명했던 이들이라 굳이 자신에게 해가 될 일을 없다고 생각했다.

해가 되지 않을 거라는 말에 고민하던 백촉은 똬리 속에 고개를 숨겼다.

여기에 있겠다는 뜻이었다.

"그래. 갔다 올 테니까. 아, 그리고 살짝 늦을 수도 있어. 알겠지?"

살랑.

백촉은 꼬리를 살랑거리는 것으로 대신 답했다.

그 모습에 지악천은 가볍게 미소를 지으며 그대로 동굴을 빠져나와 운봉무쇄(雲封霧鎖)가 있는 곳으로 올라갔다.

'들어갈 때도 그랬지만, 정말 기가 막히는 안개네.'

그렇게 기감 최대한으로 끌어올린 상태로 천천히 앞으로 나아가기 시작했다.

[사용자 확인 중.]

[사용자 '지악천' 확인 완료.]

그때 지악천의 눈에 이전에 봤던 글귀들이 다시금 나타나기 시작하더니 이내 눈앞을 가득 메웠던 안개들이 옅어지기 시작했다.

'흐음…… 안개가 옅어지긴 했는데 어느 쪽이지?'

이전처럼 주변을 살폈지만 꽃밭이나 움막은 전혀 보이질 않았다.

"어딜 보는가? 자넨 날 찾아온 것이 아닌가."

주변을 둘러보던 지악천은 문득 자신의 앞쪽에서 들려오는 중년인의 음성을 듣고 시선을 앞으로 향했다.

탁발하는 스님 같은 모습을 한 중년인이 그제야 눈에 들어왔다.

'언제 온 거야?'

"누구…십니까?"

"허허. 듣고 온 것이 아니었나?"

중년 스님의 말에 지악천은 순간 눈살을 찌푸렸다.

이내 그를 집중해서 바라보다가 깨달았다.

자신의 앞에 있는 중년의 스님이 어릴 때부터 지겹도록 들어왔던 우내삼성의 일인이자, 무림에서 신승(神僧)으로 알려진 원영(元詠) 대사라는 것을.

"……신승. 맞으십니까?"

"어차피 자네가 날 모르는 이상 단정적으로 맞다 아니다가 중요한 것은 아니지 않을까 싶군. 이리 오게나."

아리송한 말이지만 딱히 틀린 말도 아니었다.

지악천이 신승에 대해서 듣기만 했지 언제 그를 본 적이 있겠는가.

물론 지악천은 자신의 앞에 있는 신승으로 예상되는 중년인에게서 아무것도 느낄 수 없었다.

일전에 마주했던 불취개와 제갈승후.

그 둘과는 다른, 말로 설명할 수 없는 미지의 무언가가 중년인에게 있었다.

당장 별다른 선택지가 없었기에 그가 말한 대로 다가갔다.

"얘길 듣긴 했지만, 자네의 입으로 다시 들을 수 있겠는가. 자네도 대충 듣긴 했겠지만 나에겐 참으로 중요한 일이라네."

그 말에 지악천은 그다지 어려운 일이 아니었기에 곧장 설명했다.

눈에 보이는 글귀를 제외한 다른 것들을 말했다.

그렇게 지악천의 설명을 들은 그는 고갤 끄덕였다.

"음. 그렇군. 확실히 그분답다고 해야겠군."

"그분이요?"

본능처럼 튀어나온 지악천의 말에 그는 가볍게 웃으면서

말을 이어갔다.

"하하. 그렇다네. 천기산인(天氣算人) 화문강. 그분이 있었기에 내가 이런 자리까지 올라올 수 있었지. 하지만 그분은 자신의 이름이 널리 퍼지는 걸 싫어했기에 정말 극소수 사람들만 알고 있었다네. 그렇게 세월이 흐르고 이제는 그 수는 고작 8명밖에 안 된다네. 물론 그 이상일 수도 있지만, 공식적으로 알고 있는 정도는 그 정도라는 거지. 내가 모르는 곳의 사정은 내가 알 순 없지 않겠는가."

"아. 예. 뭐, 그건 그렇죠."

"그렇지. 나를 포함한 8명은 그분에게 큰 도움을 받은 문파나 세가 또는 사람의 후손이거나 당사자들이지. 물론 다른 이들도 있겠지만. 사람이 항상 한결같을 순 없지 않겠는가. 선대가 입은 은혜를 후대까지 갚으라고 강요할 순 없는 노릇이니까."

"그렇군요. 그런데 제가 그 화문강이라는 분의 유지를 이었다는 말은 무슨 말입니까?"

"하하하."

지악천의 말에 그는 시원하게 웃어젖혔다.

그렇게 짧게나마 웃던 신승이 웃음기가 남은 얼굴로 말했다.

"유지. 사실 말이 좋아 유지지. 사실은 은혜 갚을 기회를 본다고 생각하면 되네. 자네 말대로라면 이미 열반에 들어가신 것 아니겠나. 그냥 마음의 짐을 덜고 싶다. 그 정도겠지."

"그렇다면 신승께선 어떻게 하실 생각이셨습니까."

"음…… 이왕이면 살아계셨으면 곁에서 극진히 모셨겠지. 그분 덕에 많은 것을 얻었고 많은 일을 할 수 있었으니까."

그의 말에 담긴 감정이 거짓말처럼 느껴지진 않았다.

물론 지악천이 그처럼 오래 살거나 하진 않았지만 나이에 맞지 않는 수많은 인간군상을 많이 봐왔으니까.

신승이 지악천을 싹 훑어보며 말했다.

"흠. 일단은 그분에게 받은 은혜를 자네에게 갚으면 좋겠지만, 그건 썩 좋은 방법은 아닌 듯하군. 혹시 자네가 무슨 무공을 익혔는지 말해줄 수 있겠는가? 구결까지 말할 필요는 없네."

그의 말에 지악천은 잠시 고민했지만 지금의 무공을 말했다.

지악천의 말을 들은 신승은 흥미롭다는 표정이었다.

"전부 처음 듣는 이름의 무공들이군. 하긴, 그분께서도 남들이 잘 모르는 무공을 다양하게 알긴 했다네. 그 부분만큼은 비슷하군. 흐음. 뭐, 거창한 것은 못 해주겠지만, 필요한 것이 있다면 기꺼이 도와주겠네."

그 말에 지악천은 아직 부족한 부분을 말하고 싶진 않았다.

자신의 미약한 부분을 꺼내기에는 상대에 대한 신뢰가 없었다.

처음 마주한 사이인데 선뜻 뭔가를 요구하거나 그러긴 쉽지 않지 않았다.

자신의 이름값에 현혹되지 않는 지악천의 모습을 본 신승은 흐뭇한 미소를 지었다.

'욕심이 없어 보이진 않지만, 그래도 자신만의 선을 정하고 움직이는 성품인 모양이군.'

사실 신승은 지악천이 형산에 올라오기 시작할 때부터 그를 주시하고 있었다.

처음에는 살짝 당황하기도 했다.

혼자 올 줄 알았는데 지악천에게서 느껴지는 기운과 비슷한 기운을 가진 이가 곁에서 느껴졌기 때문이다.

누군가와 같이 오는 건가 싶어 살짝 실망할 뻔했지만, 이내 혼자 올라오는 걸 보고 가볍게 미소를 지었을 정도였다.

지악천은 그의 말에 잠시 고민했다.

첫 대면인 만큼 조심스러울 수밖에 없었다.

그에게 뭔가를 바라거나 요구하기에도 상대는 천외천의 인물이니 선뜻 말하기가 힘들었다.

"아닙니다. 신경 써 주시지 않아도 됩니다. 제가 관련이 있다고 한들 전 그분 얼굴도 본 적 없지 않습니까."

"그렇게 생각하는 이들도 있겠지만, 인연의 끈이라는 것이 그렇게 쉬이 끊어지는 것이 아니라네. 지금 이렇게 자네와 내가 마주하고 있는 것처럼. 그리고 말했듯이 모든 이들이 자네라는 존재를 좋아할지 싫어할지 알 수 없는 일이라는 것 역시. 자네가 관인이라곤 해도 내가 미리 접한 이야기로는 이미 생각보다 많은 곳과 접촉이 있었다고 듣기도 했으니까. 그분은 자신을 세상에 감추려고 노력했지만, 쉽지 않았지. 지금이야 그 이야기를 아는 이들이 많지 않지만, 나 같은 늙은이들은 기억하고 있긴 하네. 워낙에 충격적이었으니까."

마지막에 충격적이라는 말이 지악천의 호기심을 자극했다.

"뭐가 충격적이었습니까?"

"충격적일 만했지. 당시에 그분은 자네처럼 크게 알려진 사람이 아니었네. 무가(武家)나 문파 출신도 아니었지. 굳이 구별하자면 양민 출신이었지. 그분께서 소림에 찾아와서 당시에 방장님을 뵙겠다고 했을 땐 다들 미쳤다고 생각했었지. 당시에 소림의 성세가 살짝 약해지긴 했지만, 그렇게 막 행동할 수 있을 정돈 아니었으니까."

오래된 과거를 회상하듯 눈을 감고 읊조리듯이 하는 신승의 말에 지악천은 살짝 의아했다.

'막 행동했다고?'

지악천이 생각하는 와중에도 그의 입은 쉬지 않고 움직였다.

"그때를 생각하면 무모했고 그 후 생각해보면 정말 장난기가 다분했다고 봐야겠지. 세상에 어느 누가 자신을 시험해보겠다고 소림의 108나한과 싸우겠다고 하겠나? 당연히 방장께선 거절하셨고 그분은 그야말로 생떼를 부렸지."

생떼를 부렸다는 말에 지악천은 왜 그랬는지 이해할 수 있었다.

'힘든 상황을 이겨내거나 버텨낸다면 더 성장할 수 있으니 당연하겠지.'

물론 이건 화문강의 속사정을 짐작 가능한 지악천만 가능한 생각이었다.

"그렇게 대략 1년쯤 소림에 머물렀을 때 결국은 108나한과 싸울 수 있었지."

"결과는 어떻게 됐습니까?"

"하하하. 결과 말인가? 모르네. 나 역시 결과를 알고 싶었지만, 방장께서 함구령을 내렸었으니까. 하지만 사람이 눈치가 있으면 알 수 있는 법 아니겠는가. 그리고 그분께서 그런 기행을 소림에서만 한 게 아니라는 거지. 다들 쉬쉬했지만, 결국엔 그분에 대한 소문이 조금씩 퍼지면서 소림뿐만이 아닌 다른 여러 곳도 비슷한 일이 있음을 알게 되었다네. 그래서 아까 그분을 좋아하거나 싫어하는 곳이 있다고. 이런 이유였지."

"막무가내로 그렇게 했으니 미움을 받을 수밖에 없었다는 말입니까?"

"그렇지. 자넨 무림인이 아니라서 생리를 모를 수도 있겠지. 하지만 관인들도 비슷한 부분이 있지 않나. 자네들은 관할구역에 목을 매지 않던가. 그거랑 유사하다고 생각하면 될 것이라네."

지악천의 그의 비교가 다소 이상하다는 걸 느꼈지만, 그러려니 했다.

"그렇군요. 이해했습니다. 다소 과격하신 분이었군요."

"하하하. 사실 내가 말주변이 없어서 제대로 표현을 못한 측면도 없지 않다네. 나야 그 뒤에 수십 년에 흐른 뒤에 도움을 받았으니까. 그사이에 어떤 일이 있었는지는 자세히는 모르니까. 그다지 냉정하지도 과격하지도 않은 그런 분이었지. 흠……."

말을 하던 신승은 잠시 지악천을 물끄러미 바라봤다.

"그렇군. 자넬 처음 봤을 때 묘하게 익숙함이 느껴졌는데 그래. 자네의 분위기가 그분과 흡사하군. 아마 말코도사 놈도 자넬 보면 비슷하게 생각하겠군."

"예? 말코도사요?"

"나랑 같이 우내삼성인 현도 고놈 말이야. 고놈을 날 땡중이라고 부르고 나는 그놈을 말코도사라고 부르지."

같은 우내삼성에 속한 둘이 서로를 얕잡아 부르는 호칭에 지악천은 다소 당황스러웠다.

"아, 예. 그렇군요."

갑자기 다른 주제로 바뀌자 다시 신승은 쉴 새 없이 자신과 무왕(武王), 현도진인(玄都眞人)의 이야기를 늘어놓았다.

한참을 떠들던 그가 민망한지 살짝 헛기침했다.

"크흠. 미안하네. 실없는 얘길 떠들었군. 이 얘기는 나중에 그놈을 만난다면 비밀로 해주게나. 괜히 말하고 다녔다고 타박하면 귀찮으니."

그의 얘기는 별 이야기는 아니었다.

그냥 둘이 고기와 술을 마시고 놀았다는 그런 가벼운 이야기였다.

그들이 도사와 중이 아니었다면 사실 그다지 중요하다고할 수 있는 얘긴 아니었다.

신승과 무왕은 둘 다 150세를 훌쩍 넘긴 이들이었다.

그리고 결정적으로 지금 지악천의 앞에 있는 신승은 반로환동까지 한 무인이었다.

그들의 적이 무당과 소림에 있다고 한들 규율을 잊은 듯한 모습이었다.

'정말 말 그대로 땡중과 말코의 이야기네.'

"정말 아무것도 원하는 게 없는가?"

그 물음에 지악천이 고갤 흔들었다.

"딱히 제가 원하는 것은 없습니다."

"흠. 자넨 그런 부분에선 그분과 다르군. 그분이라면 나랑 비무하자고 했을 텐데 말이야."

"저도 그 부분은 아쉽게 생각하지만, 당장 필요하다고 생각하진 않습니다."

단호한 지악천의 말에 신승은 살짝 아쉬움을 내비쳤다.

"뭐, 초절정이니 자네 말도 틀리진 않겠지. 하지만 꼭 길이 하나는 아니라는 것을 기억하게나. 그리고 받게나."

말과 동시에 그가 가볍게 손을 품속에서 작은 목함 하나를 꺼내서 건넸다.

"아니, 괜찮……."

거절하려는 지악천의 말을 바로 신승이 잘랐다.

"괜찮으니 받게나. 부담가질 필욘 없네."

거부하려는 지악천의 손을 잡고 목함을 올려주는데 거부할 수 없었다.

거기다 목함을 주는 순간에 느껴지는 압박감이 거절할 수 없게 만들었다.

"가, 감사히……."

"괜찮다니까. 억지로 주는데 감사 인사까지 바라면 사치지. 그냥 가지고 있다가 잘 쓰게나. 근데 정말 괜찮겠나?"

"예? 뭘 말입니까?"

"아니, 그걸로 괜찮겠냐는 거네."

"아…… 충분합니다. 아니, 오히려 과합니다."

"그냥 내 마음의 짐을 덜어준 보답이라 생각하게. 그 근 100년 동안 지고 있던 짐을 내려놓게 해주지 않았나. 오히려 그것만으로는 부족하지. 나중에 볼지도 모를 말코 놈도 비슷한 생각일걸세. 다른 이들의 속은 모르겠지만, 확실하게 나나 말코는 그분에 대한 은혜는 정말 그 어떤 것과 비교할 수 없으니까."

확실히 그가 말하는 내내 화문강에 대한 믿음과 존경심이 느껴질 정도였다.

하지만 반대로 지악천의 입장에선 화문강과 아무런 관련이 없는 상황에서 너무나도 과한 걸 받은 것이 아닌지 내심 찝찝했다.

"자네에게 물어보고 싶은 게 있는데 괜찮겠나?"

"예. 괜찮습니다."

귀한 물건을 받았는데 거절하기도 힘들기에 그냥 받아들였다.

"자네가 형산을 올라올 때는 둘이었는데 말이야. 한 명은 누군가? 자네와 거의 동등한 기운이 느껴졌는데. 그 한 명은 아직도 중간에서 기다리는 거 같은데."

"아. 저랑 같이 있던 영물입니다."

"영물?"

"예. 혈안백묘라고 하는 영물입니다. 아마 태어난 지 2년도 안 됐습니다."

"혈안백묘라…… 흠. 처음 들어본 이름이군."

"뭐, 녀석을 보면 그런 이름이 바로 떠오르긴 하실 겁니다."

"자네에게서 영물이 가진 기운과 유사한 기운은 뭔가?"

그의 물음에 지악천은 백촉을 만났던 상황을 말했다.

지악천의 얘길 들은 신승은 진중한 표정을 지었다.

마치 지악천에게 경고하듯이.

"흠…… 근데 자네 참 무모했군. 결과적으로 잘 되긴 했지만, 정말 위험한 행위였네. 사람이든 영물이든 그런 상황에선 손대지 않는 게 이롭다네. 자칫하면 둘 다 위험할 수 있으니까."

"예. 지금은 알고 있습니다."

"뭐, 알고 있다니 다행이네. 그래도 별 탈이 없이 이종진기(異種眞氣)를 자유롭게 쓸 수 있다는 게 아주 신기하군. 한번 보여주겠나?"

흥미로운 표정을 지은 신승의 말에 지악천은 작게 고갤 끄덕이며 화기와 냉기를 각기 왼손과 오른손으로 끌어올리기 시작했다.

"오… 대단하군. 열양지기나 음한지기를 쓰는 이들을 많이 봤지만, 자네도 그들에게 떨어지는 수준이 아니군. 자네 주변 사람들은 여름에 좋겠구먼."

"예?"

"그 정도 음한지기라면 차갑게 만드는 것은 일도 아니지 않나."

"아. 그렇군요."

'보통 무인들은 그런 식으로 무공을 쓰는 걸 싫어한다고 들었는데 그렇지도 않은가 보군.'

"아무튼, 다음에 말코 놈과 연락이 닿으면 한번 찾아가겠네. 이 소식을 들으면 가장 좋아할 녀석이니까. 그리고 내려가면 제갈수. 고 녀석에게 고생했다고 전해주게나."

"알겠습니다."

"아. 그리고 내가 준 것을 만약 누군가에게 쓰려고 한다면 꼭 자네의 화기와 내기를 이용해서 진기도인을 도와줘야 할 것이네. 그렇게 해야 탈이 없고 제대로 소화하게 될 것이네. 꼭 주의하게나."

"예. 반드시 그렇게 하겠습니다."

"그러면 다음에."

그 말을 끝으로 신승의 신형이 흐릿해지더니 사라졌다.

아마도 지악천이 편하게 내려갈 수 있게 먼저 자리를 뜬 것으로 보였다.

'후…… 정말 대단하단 말 말고는 달리 할 말이 없네.'

처음 신승을 마주했을 땐 별다른 부분을 못 느꼈지만, 자신이 화기와 냉기를 그에게 보여줬을 때 순간적으로 느껴졌던 기도에서 압도적인 존재감을 느꼈다.

'괴물이라는 말이 부족함이 없을 정도야. 아무리 오래 살았다곤 해도 아무나 저렇게 될 순 없겠지.'

특별한 기연 얻은 지악천조차 당장 확신할 수 없는 수준이었다.

그러한 가운데 한 줄기 희망이 있었다면 화문강이 뭘 했는지 조금이나마 알 수 있었던 부분이었다.

'결국엔 성장하려면 더 어렵고 힘든 길을 가야 한다는 거네. 근데 그 서책에는 이런 부분을 왜 알려주지 않았을까? 처음부터 무리할까 봐? 흐음.'

지악천이 이것저것 생각하고 있는 사이에 주변에 점차 어둠이 밀려오기 시작했다.

그렇게 한참을 가만히 서서 무언가를 생각하던 지악천이 움직이기 시작한 것은 사위가 어둠에 물든 후였다.

"아… 너무 늦었네."

가벼운 탄식과 함께 정신 차린 지악천은 자신을 기다리고 있을 백촉을 떠올리며 빠르게 하산하려고 했다.

하지만 묘하게 이전에 봤던 꽃밭이 눈에 밟혔다.

그리고 때마침 하늘에서 달빛이 주변을 밝히기 시작했다.

'가 볼까?'

결정을 내리기 무섭게 주변을 훑기 시작했다.

다행스럽게도 그리 넓지 않았기에 꽃밭을 빨리 찾을 수 있었다.

"생각보단 쉽게…… 어?"

꽃밭에 다가온 지악천을 반기는 것은 달빛을 받아서 그런지 유독 새하얀 꽃잎을 화사하게 만개하고 있는 꽃이었다.

'만월초?'

지악천은 그 꽃을 보자마자 그 꽃의 이름이 만월초라는 걸 깨달았다.

그리고 이내 만월초가 어떤 효능을 가졌는지 인지했다.

'불순물을 빼는데 탁월한 효과를 영초라…….'

"하… 기가 막히네. 마치 진호에게 필요한 것들이 딱딱 맞춰서 나오는 느낌이야. 기분 나쁠 정도로."

물론 본래 지악천을 위해서 화문강이 준비해놨던 것들이지만, 그가 준비해놓은 것들보다 더 좋은 기연을 얻었기에 필요 없었다.

그보단 신승이 준 물건까지 전부 다 차진호에게 필요한 것들이었다.

第 三 十 五 章 ― 8인회

그렇게 만월초를 바라보던 지악천은 점점 사라지는 달빛에 본능적으로 다가가 조심스럽게 뿌리까지 뽑아냈다.

많은 조건이 정확히 맞아떨어져야 만개하는 만월초다.

지금 놓치면 언제 다시 필지 모르기에 바로 뽑아낼 수밖에 없었다.

'달빛에 말려야 한다고 하니 괜찮겠지.'

그렇게 뽑아낸 만월초를 조심스럽게 품에 넣은 후 흔적이 거의 남아 있지 않은 화문강으로 보였던 육신이 있던 곳을 향해서 고갤 돌려서 묵념했다.

'당신이 나에게 준 모든 것은 잊지 않겠습니다.'

화문강이 지악천에게 준 것은 보기에 따라 보잘것없어 보일 수도 있겠지만, 지악천에겐 그 무엇보다 크다고 할 수 있었다.

'슬슬 내려갈까.'

만월초를 뽑아낸 뒤에 다른 게 있을까 해서 잠시 둘러봤지만 별다른 게 없다는 걸 확인하고서 내려갔다.

스르르륵.

지악천이 환상운무진을 빠져나가기 무섭게 진을 유지하던 기운이 약해지기 시작했다.

진을 유지하는 중심축이 지악천의 품속에 있는 만월초라는 사실을 이미 떠나버린 지악천이 알 길이 없었다.

물론 이제 특별한 일이 없는 이상 저곳을 다시 찾을 일은 없겠지만.

지악천은 형산을 마치 낙하하듯이 뛰어내려 빠르게 내려가며 백촉이 기다리고 있을 동굴로 향했다.

동굴 입구에 지악천이 도착하자 때마침 안에 있던 백촉이 쏜살처럼 달려들었다.

포옥.

그대로 지악천에게 안겨들었다.

"오래 기다렸냐?"

안은 백촉의 머리를 쓰다듬은 지악천이 다시금 내려놓자 백촉은 가만히 지악천을 올려다봤다.

"가자."

그 말과 동시에 비탈길을 빠르게 튀어나가자 그 뒤를 백촉이 빠짝 따라붙었다.

그리고 그런 지악천과 백촉의 모습을 멀리서 신승이 지켜보고 있었다.

지악천과 백촉이 남악 인근에 도착한 것은 순식간이었다.

"누구시오? 밤에는 들어갈 수 없으니 용무가 있다면 아침에 다시 오시오."

지악천이 성문을 향해서 천천히 걸어가자 성문을 지키고 있던 관졸들이 반응했다.

"나다."

지악천이 천천히 횃불이 밝히는 부분까지 다가가자, 지키고 있던 관졸들이 지악천을 알아봤다.

"아, 포두님! 늦으셨군요."

사실 횃불의 빛이 닿는 거리이긴 했지만 밤이라 자세히 볼 순 없었다.

하지만 옆에 있는 백촉을 보고 알아차린 것이었다.

"크흠, 고생이 많네."

"아닙니다. 들어가시죠."

그 말과 함께 쪽문을 열었고 그대로 안으로 들어갔다.

그렇게 지악천이 현청으로 다가갈 때 어둠 속에서 제갈

수가 모습을 드러냈다.

"생각보다 그다지 늦지도 빠르지도 않은 시간이군. 그분은 잘 만났는가?"

그 물음에 지악천은 대답 대신 고갤 끄덕였다.

"그렇군. 그렇다는 것은 신승께서 자넬 인정했다는 말이겠군."

인정이라는 제갈수의 말에 지악천의 눈썹이 움찔했다.

그런 지악천의 반응에 제갈수는 가볍게 미소를 지었다.

"만약 자네가 인정받지 않았다면 신승께서 아예 만나지도 않았을 것이네. 물론 신승께서 자네에게 무슨 말을 했는지는 나에겐 그리 중요한 문제는 아니라네. 말했듯이 신승께서 자넬 만났다는 게 가장 중요하니까."

제갈수의 태도에 지악천은 앞에 신승이 했던 이야기 중에 사람마다 다른 생각을 하고 있을 수 있다는 말을 떠올렸다.

"그분께 충분히 설명했습니다만."

"설마 자네는 그분을 처음 뵙겠지만, 난 아니라네. 아마 수다에 많은 시간을 쏟았겠지."

"……."

"하핫. 정곡을 찔렀나? 그분이 원래 그랬지. 하지만 그런 일은 아무에게나 하지 않는다네. 적어도 이 시간까지 있다 왔다는 건 자네가 마음에 들었다는 뜻이 아니겠나."

'그걸 마음에 들었다고 해야 하는 건가?'

지악천의 입장에선 그저 신승이 홀로 떠드는 수준에 불과했다.

물론 모조리 쓸모없는 얘기라곤 할 순 없겠지만, 남에게 말할 수 있는 내용은 아니었다.

그리고 무왕(武王) 현도진인(玄都眞人)이 찾아올 수도 있단 말을 남겼다고 말할 수도 없었다.

"그렇습니까."

"그렇다네."

"그렇군요."

"그건 그렇고 다른 얘긴 들은 게 있나?"

"뭐… 듣긴 했죠. 몇몇이 모여서 기다렸다든지 그런 얘기를요."

"음. 신승께서 말씀하셨는지는 모르겠지만, 그분이나 나를 비롯한 모두가 개인의 자격으로 있다고 보는 것이 좋다네. 물론 그분처럼 직접 마주했던 사람도 있지만, 나처럼 대를 이어서 기다렸던 사람도 있으니까."

"제가 딱히 뭔가 원하지는 않습니다만?"

그 말에 제갈수가 가볍게 미소 지었다.

"안다네. 자네가 그런 걸 원하지 않는다는 것쯤은. 하지만 모든 이들이 다 그렇게 생각해주는 것은 아니지 않을 수 있지. 그리고 맹목적인 호의가 있을 수도 있지만 반대인 경우도 있겠지."

이 얘기 역시 앞서 신승에게 들었던 이야기였다.

"그렇군요."

하지만 굳이 그것을 티 낼 필요는 없었기에 담담하게 고갤 끄덕였다.

"한 가지 더. 자네에 대해선 세가에서 모르네. 물론 알릴 생각도 없고. 개인적으로 내 힘이 필요하다면 도와주겠네. 그 방향이 세가가 원하는 방향이든 아니든 상관없이. 뭐, 내가 보기엔 자네가 하는 일에 세가가 찬물을 끼얹을 것 같진 않을 것 같지만."

"마음만 감사히 받겠습니다."

지악천의 단호한 말에 제갈수는 살짝 뻘쭘했는지 살짝 머리를 긁적였다.

"너무 그러지 말게나. 그리고 신승께서 말씀하셨는지 모르겠지만, 원래 그분과 관련해서 모인 이들이 총 8명이네. 물론 나, 신승, 구지신개까지 포함한 숫자라네. 나머지 다른 이들에게도 곧 소식이 닿을 걸세. 그리고 아마 자넬 찾아오겠지."

"무슨 목적으로 말입니까?"

"글쎄? 내가 그걸 확답할 순 없겠지. 나나 구지신개 그리고 신승께선 자넬 인정했지만, 다른 이들의 생각은 내가 예단할 순 없으니까. 누군가는 자넬 적대할 수도 있겠지.

물론 다들 정파이긴 하지만, 정파가 언제나 옳고 정의로운 일만 하는 건 아니니까."

그 말에 지악천의 표정이 살짝 굳었다.

혈인의 존재가 떠오른 탓이었다.

그런 지악천의 표정을 본 제갈수는 다른 쪽으로 오해했다.

"물론 다 그런 것은 아니니까. 자네가 연관되긴 했지만, 완전한 후인이라고 할 순 없지 않은가. 자네도 그 부분은 확실히 아니라고 했으니까. 단지 거슬린다는 감정으로 일을 벌일 사람은 없을 것이네."

제갈수의 말에 지악천의 눈은 차갑게 식어갔다.

'과연 그럴까.'

이전까지 혈인을 떠올릴 상황이 별로 없기도 했고, 그 사이에 강성중이나 제갈세가 사람들 때문에 잊고 지냈다.

그렇지만 지악천은 본래 무림인이라는 족속에 대한 믿음이나 신용이 바닥을 찍다 못해 지하로 파고들 수준이었으니까.

"어쩔 수 없이 그들이 찾아온 후에 겪어보면 알 수 있겠지요. 그들이 좋은 사람인지 아닌지."

"그건 그렇긴 하지. 자네가 무림인이 아니니 무림인의 논리를 이해하지 못할 테니까. 나 또한 한때는 그런 괴리감을 이겨내지 못하고 정처 없이 떠돌 때 사부님을 만났었으니까."

"사부요?"

"아아. 내 사부님은 은거 무인이셨던 분이었다네. 사부님이 가장 힘든 시기에 천기산인에 빚을 졌고 내가 그 은혜를 갚기 위해서 유지를 이었으니까. 이렇게 자네 앞에 있는 거지. 사부님이 가지고 있던 마음의 짐을 내가 털어냈으니 오늘은 기분 좋은 날이라네. 나에겐."

물론 제갈수의 감정은 지악천이 공감할 수 없었다.

"그렇군요."

"하핫. 그런 표정을 할 필욘 없네. 모든 사람이 다 같은 것을 느낄 순 없으니까. 그리고 자넨 돌아가신 내 사부님과 나의 마음의 짐을 덜어 내준 은인이니까."

계속해서 반복하는 제갈수의 말에 지악천은 마음 한구석에 찜찜함이 남았지만, 티를 내지 않으려고 노력했다.

"알겠습니다. 일단 그렇게 알아두겠습니다."

"그렇지. 잘 생각했네. 그리고 일단은 나도 당분간은 남악에 머물 생각이라네. 최소한 모임에 모이던 이들이 한 번씩은 들를 테니까 문제가 생겼을 땐 중재해줄 사람이 필요하지 않겠는가. 내가 해주겠네."

제갈수의 말에 지악천은 거절할 필요성을 느끼진 못했다.

제갈수가 굳이 나서서 알아서 해주겠다는데 거절할 필요

가 없었다.

"예. 감사합니다."

군말 없이 받아들이는 지악천의 모습에 제갈수는 활짝 미소 지었다.

"늦었으니 어서 들어가시게나. 다음에 찾아오는 이가 있으면 다시 만나러 오겠네."

"예. 들어가십시오."

현청 인근이기에 제갈수가 몸을 날려 어둠 속으로 사라지는 걸 지켜보고 있던 지악천이 고개를 흔들었다.

'정파 무림인들은 죄다 자기들의 생각뿐인가.'

지금까지 지악천이 마주한 정파 무림인들이 10명 내외였지만, 그들은 하나같이 자신들의 의견을 굽히지 않는 면모를 보였다.

특히 자신보다 어리고 무공까지 낮으면 그런 경향이 더욱 강해 보였다.

물론 지악천에게 뭐 하나 나쁘다고 할 순 없었지만, 묘하게 기분이 나빴다.

* * *

그렇게 지악천이 형산에서 신승을 만난 지 어느새 두 달이란 시간이 훌쩍 흘렀다.

그동안 지악천의 생활은 크게 변하지 않았다.

매일같이 반복되는 순찰, 대련, 순찰, 휴식의 반복이었다.

하지만 그것이 결코 나쁘다고 할 순 없었다.

[성명: 지악천(池樂天) 별호: 묘(猫)포두, 악귀, 대(大)포두

소속: 남악현청 직책: 포두(捕頭)

무공수위: 초절정 내공: 170년

보유 무공

심법: 삼원조화신공(三元造化神功) 7성

검법: 유성검(流星劍) 5성

권법: 무형천류(無形天流) 6성

보법: 환영구보(換影九步) 6성

신법: 무영흔(無影痕) 6성

음공: 육합전성(六合傳聲)

환골탈태(換骨奪胎)]

불과 한 달 전까지 이러했던 지악천의 무공이 전반적으로 크게 향상됐기 때문이었다.

[성명: 지악천(池樂天) 별호: 묘(猫)포두, 악귀, 대(大)포두

소속: 남악현청 직책: 포두(捕頭)

무공수위: 초절정 내공: 200년

보유 무공

심법: 삼원조화신공(三元造化神功) 8성

검법: 유성검(流星劍) 8성

권법: 무형천류(無形天流) 8성

보법: 환영구보(換影九步) 8성

신법: 무영흔(無影痕) 8성

음공: 육합전성(六合傳聲)

환골탈태(換骨奪胎)]

물론 지악천만이 성장한 것은 아니었다.

거의 매일같이 두들겨 맞다시피 했던 후포성은 초절정의 벽이 보일락 말락 한 수준까지 도달했고 강성중은 초절정에 익숙해졌으며, 제갈청하는 초절정의 초입에 들어섰으니까 말이다.

그런 그들 중 가장 큰 폭으로 성장한 이들은 제갈청하와 후포성이었다.

자신들보다 압도적인 강함을 보여주는 지악천을 매번 전력으로 상대했기에 그만큼 빠를 수밖에 없었다.

물론 그들이 가지고 있는 재능과 위로 올라가고자 하는 집념 역시 한몫했다.

제갈청하의 재능이야 제갈세가에서 인정했을 정도였으

니 두말할 것 없었지만, 후포성의 재능 역시 제갈청하보단 떨어진다고 해도 대단하다고 할 수 있었다.

더군다나 남악에서 지내는 제갈수가 후포성의 재능을 한때나마 탐냈을 정도였다.

물론 한발 빠른 지악천의 제지에 제갈수는 그저 물러설 수밖에 없었다.

제갈수보단 지악천이 강했으니까.

쩌억.

슥슥.

완연한 봄 날씨 속에 산뜻한 햇볕이 내려오는 곳에 자리한 백촉이 늘어지게 하품을 하고 있었다.

살랑살랑.

햇볕을 쬐고 있던 백촉의 시선을 따라서 꼬리가 좌에서 우로 다시 우에서 좌로 반복적으로 움직이고 있었다.

그런 백촉이 보고 있는 이는 당연히 지악천이었다.

지악천은 손에 쥔 나뭇가지를 가지고 후포성을 두들기고 있었다.

"악! 아악!"

빠르게 후포성의 빈틈을 귀신같이 찌르고 때리는 지악천의 행동에 그가 할 수 있는 건 고통을 소리로 표현하는 것뿐이었다.

"여기도 비네. 그렇게 하면 여기도 빈다니까? 그렇게 몸을 틀어봤자 상대에게 또 다른 틈을 보일 뿐이야. 요렇게 찌르거나 때리면 너 뱃가죽 찢어진다."

지악천의 말에 후포성은 대꾸 없이 숨을 씩씩거리며 내뱉을 뿐이었다.

"후욱 후욱!"

"네가 멧돼지냐? 후욱 후욱 거리게? 쯧쯧."

지악천이 혀를 찼지만 후포성의 입장에선 뭐라 할 말 없었다.

빈틈이 있는 것이 사실이고 거기다 변명해봤자 돌아오는 건 고통뿐이었으니까.

"미야양!"

그렇게 한참을 후포성을 나뭇가지로 두들기던 지악천은 백촉의 울음에 팔을 내렸다.

"점심이나 먹으러 가자."

백촉의 울음소리는 배고프단 신호였다.

그렇게 현청을 나선 지악천은 아주 미약하게 자신의 신경을 긁는 기감을 느낄 수 있었다.

"먼저 가서 강 형이랑 먹고 있어. 잠깐 볼일 좀 보고 갈테니까."

"큰 겁니까? 손은 닦고 오십쇼."

"이걸 확! 어휴. 가서 먹고 있어. 혹시 늦을 수도 있으니까 내 몫은 시키지 말고."

"눼눼. 알아 모시겠습니다."

방금 두들겨 맞은 것에 불만이 쌓인 탓인지 능글거리는 후포성의 말에 지악천이 인상을 찌푸렸다.

그러자 후포성이 빠르게 달려 나갔다.

"하아."

'가볼까.'

지악천은 자신의 기감을 계속해서 살살 긁듯이 자극하는 방향으로 몸을 날렸다.

한편 아주 먼 곳에서 지악천을 자극하던 이는 도사풍의 중년이었다.

그리고 그의 곁에는 제갈수와 매혹적인 미모를 갖춘 여인이 함께하고 있었다.

"오, 생각보다 감각이 좋구먼. 벌써 느꼈는지 오고 있군."

도사풍 중년인의 말에 제갈수가 말했다.

"제가 말했지 않습니까. 그는 하루하루 달라지고 있습니다."

"알지. 땡중 놈에게도 귀에서 피가 나게 들었는데 고걸 모를까. 그냥 말로 듣는 것보단 직접 확인하는 게 최고니까 그렇지."

"여전하시네요."

여인의 말에 중년 도사는 허리가 쑤신다는 듯이 허리를 두드리며 엄살을 부렸다.

"여전하긴 요즘 가만히 앉아 있으면 허리가 다 아파. 작년만도 못하다니까."

그의 너스레에 제갈수와 여인은 가벼운 미소를 지었다.

"그런데 땡중 놈이 고걸 줬다고 하던데 먹진 않은 모양이네?"

"예? 뭘 말입니까?"

"아, 땡중에게 따로 못 들었어? 치사한 땡중이 10년 동안 연단한 특제 대환단을 줬으니 난 뭘 해야 하나. 그때 그거 만든다고 중원을 뒤지고 다녔는데 말이야."

"……."

"……."

그의 말에 제갈수와 여인은 입을 다물 수밖에 없었다.

신승이 10년 동안 공들여 연단한 대환단이라면 얼마나 대단한 것일지 상상도 할 수 없었다.

그리고 동시에 제갈수의 얼굴은 붉게 달아올랐다.

신승이 그런 대단한 것을 줬는지도 모르고 고작 자신은 도와준다고만 했으니 말이다.

그런 그들의 표정을 본 중년 도사가 눈치 없이 다시 말했다.

"아, 말하면 안 됐나?"

그의 말에 둘은 할 말이 없었다.

자신들과 비슷한 나이의 외모였지만, 실상은 노괴물인 우내삼성(宇內三聖)의 일인인 무왕(武王) 현도진인(玄都眞人)이었으니까 말이다.

"아. 몰라. 그냥 녀석에게 필요한 걸 해주겠다 하면 되겠지."

현도진인은 이내 둘에게 신경을 끊고 고개를 흔들었다.

그리고 그 말을 들은 제갈수와 여인은 등에 식은땀이 흘러내렸다.

만약 지악천이 무림맹을 날려버려 달라고 한다면 현도진인은 그걸 해줄 수 있는 인물이었으니까 말이다.

"농이시죠?"

"왜? 설마 녀석이 황제라도 죽여 달라고 할까 봐서 그래? 땡중의 말로는 그런 놈은 아니라고 하던데? 아니야?"

확실히 그의 말대로 제갈수 역시 지악천이 그런 걸 바라지 않을 걸 알긴 했지만, 그는 기본적으로 사람 속을 알 수 없다고 생각하는 사람이었다.

"그래도 혹시 모르지 않습니까. 무왕께 누가 되는 일을 하게 되실 지도 모르지 않습니까."

"설마 그렇겠어? 부당하다 싶으면 놈의 버릇을 고치면 되겠지. 하지만 합당하다면 황제 따위야 가볍게 스윽 하면 되지 않겠어?"

말을 하면서 가볍게 목을 자르는 손짓에 제갈수의 눈에 불안감이 감돌았다.

그런 제갈수의 불안한 표정을 본 무왕이 가볍게 웃었다.

"크큭. 농이다. 농. 설마 내가 미치지 않고 황제를 죽이겠더냐? 하여튼 너는 그게 문제야. 사람을 믿을 줄 알아야지. 왔다."

실컷 웃으며 말하던 무왕이 표정을 고치며 고갤 돌렸다.

직후 그들도 빠르게 다가오고 있는 지악천의 기척을 느꼈는지 빠르게 표정을 고쳤다.

척.

그들이 있는 곳에 도착한 지악천은 아는 얼굴인 제갈수가 있기에 그를 바라봤다.

"저 녀석 쳐다본다고 뭐 나오는 거 아니다."

무왕의 말에 지악천의 눈이 가늘게 바뀌었다.

"누구십니까."

착 가라앉은 목소리로 묻는 말에 무왕은 뭐가 그리 즐거운지 장난스러운 미소를 입가에 띠었다.

"나? 내가 누구냐고? 아, 그렇지. 관인이라고 했지. 네가 저번에 만났던 땡중의 하나밖에 없는 지기라고 할 수 있는 사람이지."

무왕의 말에 지악천의 시선이 뒤쪽에 있는 제갈수와 눈이 마주치기 무섭게 그가 살짝 고갤 움직였다.

"무왕 현도진인이시군요."

"쯧, 땡중의 말대로 놀려먹는 재미가 없는 놈이구나? 하지만 확실히 흥미롭구나! 너나 뒤쪽에 있는 녀석이나."

지악천을 바라보던 그의 시선은 어느새 지악천의 뒤쪽에 있는 백촉에게로 향했다.

그러다 이내 백촉을 향해서 가볍게 손짓했다.

이리오라는 가까이 와보라는 듯이.

그런 무왕의 손짓에 뒤쪽에 있던 백촉이 약간 불안한 눈동자로 지악천을 바라봤다.

"미양."

"괜찮으니 이리 와 보거라."

그의 채근에 지악천이 고개를 돌려 백촉을 보며 가도 된다는 듯이 고갤 끄덕였다.

백촉에게는 일전에 봤던 불취개 이후로 자신을 움츠러들게 하는 이를 마주해서 그런지 움직임이 극히 소극적으로 변해 있었다.

스윽.

무왕은 자신에게 다가온 백촉의 머리부터 꼬리까지 반복적으로 쓰다듬으며 고갤 끄덕였다.

"네가 땡중이 보지 못했다던 혈안백묘구나. 말로만 들었던 것과는 달리 신기한 녀석이구나. 양기와 음기를 이리도 이상적으로 아우르다니. 어떻게 본다면 네가 나보다 나을

수도 있겠구나. 이 녀석이 몇 살이지?"

"많아도 2살이 채 안 됐을 겁니다."

"허…… 대단하구나. 아무리 기연을 얻었다고 해도 말이
야."

말을 하던 무왕의 시선 역시 자연스럽게 지악천에게로
향했다.

"이 아이가 음양의 조화가 이상적이라면 너는 괴상하구
나. 세 가지 기운을 전부 아우르다니. 그분도 네 녀석 같진
않았는데 말이야."

확연하게 신승과 무왕의 반응은 달랐다.

신승은 소림의 무공을 계속해서 익혀왔지만, 무왕은 그
와 다르게 무당의 무공은 물론이고 시정잡배들이 익히는
무공까지 수십만 가지의 무공을 알고 있었다.

그런 그에게도 지악천 같은 세 가지 기운을 아우르는 무
공은 어디서도 듣지도 보지도 못한 것이었다.

그렇기에 정말 오랜만에 무왕의 욕구가 샘솟고 있었다.

자신이 모르는 무공을 알고 싶어 하는 한때 무치(武癡)라
고 불리던 시절처럼 말이다.

그리고 그런 무왕의 성향을 알고 있는 제갈수가 먼저 움
직였다.

"자, 잠시만요!?"

"……조용히 해."

무왕의 나직한 말에도 제갈수는 그럴 수 없다는 듯이 말했다.

"적어도 이 자리는 그의 무공이 목적이 아니지 않습니까."

제갈수의 말에 들끓는 호기심을 이성이 짓눌렀다.

"……그건 그렇군. 자제하지. 크흠. 아무튼, 좋은 동반자를 얻었군."

무왕은 아무 일도 없었다는 듯이 말했다.

물론 누구도 그런 그의 말과 행동에 제지할 사람은 없었다.

적어도 신승이 이 자리에 없는 이상은.

"예. 감사합니다."

감사를 표한 지악천은 아직 말을 하지 않고 있는 여인에게로 시선이 자연스럽게 향했다.

미인이긴 하지만, 확실하게도 제갈청하보단 떨어지고 나이도 있어 보이는 여인이었다.

하지만 그 여인에게 정숙(貞淑)함과 동시에 견고함까지 느낄 수 있었다.

"한데 저분은 누구십니까?"

지악천의 물음에 제갈수가 답하기 전에 여인이 나섰다.

"아미(峨嵋)의 혜불(慧佛)이라고 해요. 지악천 소협. 아니, 지악천 대협이라고 해야 하나요?"

"혜불사태(慧佛師太)이시군요. 그냥 편하신 대로 부르시면 됩니다."

지악천의 말에 혜불사태가 가볍게 손으로 입가를 가리며 웃었다.

"호호. 그렇게 하지요. 지 소협."

"쯧쯧. 나이를 쉰 넘게 먹어놓고서 그렇게 웃고 싶더냐? 그나마 아미의 밥 좀 먹었으니 좀 달라졌나 싶었더니 여전하구나."

"사람은 나이를 먹는다고 꼭 달라지는 것은 아니지 않습니까. 안 그렇습니까. 고조백부님."

"끄응. 하여튼 한마디를 안 지는구나. 그리고 그놈의 고조백부란 말 빼고 그냥 백부라고 하라니까."

"피가 어디 가겠습니까. 그리고 아직 백부가 멀쩡히 있는데 어찌 그렇게 부르겠습니까. 고조백부님."

"쯧."

괜히 말을 꺼냈다가 면박만 당한 무왕은 혀를 차며 홱 하니 고갤 돌려버렸다.

그런 무왕의 모습을 본 혜불사태가 지악천에게 말했다.

"소협은 여기에 왜 불러왔는지는 알겠나요?"

"화문강이라는 분 때문이겠지요."

"맞아요. 저는 저의 사부님이 은혜를 입으셨고 고조백부님께선 신승님과 마찬가지랍니다."

혜불사태의 말에 무왕이 역정 냈다.

"신승은 무슨! 땡중이지 땡중."

그런 무왕의 말을 사뿐하게 무시한 혜불사태가 계속 말을 이어갔다.

"신승께서 인정하셨으니 굳이 소협이 증명하려고 하지 않아도 괜찮아요. 어차피 이미 고조백부님도 인정하셨으니. 그렇죠?"

"인정… 못 할 것도 없지. 그 땡중이 아무 생각 없이 몇 개 남지 않은 그 귀한 걸 저 녀석에게 덥석 줄 리가 없으니까."

무왕의 말속에는 왠지 모르게 약간의 질투가 느껴졌다.

"그 치사한 땡중은 내가 같이 고생해줬는데 단 한 알도 안 줬는데."

역시나 질투심이었다.

계속해서 애처럼 툴툴거리는 무왕을 뒤로한 채로 혜불사태는 본론을 꺼냈다.

"한 번 저러시면 한동안 그러실 테니 우리는 우리끼리 생산적인 얘길 나눠볼까요?"

혜불사태의 말에 제갈수 역시 슬금슬금 자리를 옮겼고 지악천은 제갈수를 따라서 자릴 옮겼다.

"아마도 제가 하는 얘기와 같은 말을 많이 듣고 답을 했겠지만, 다시 물을게요. 소협은 무림에 관여할 생각이 있나요?”

“이미 엮인 상황이 아닌 누군가가 먼저 건드리지 않는 이
상은 없습니다.”

그 말에 혜불사태가 고개를 끄덕였다.

이미 그러한 성향이라는 것을 사전에 제갈수에게 전해
들었다.

“들었던 그대로군요. 그 말대로라면 정사마를 가리지 않
는다는 말이겠고요.”

혜불사태가 말을 이었다.

“예. 그래요. 바른 판단이에요. 하지만 ‘세력’ 자체를 적
대시할 생각은 아니겠지요?”

그 말에 지악천이 고갤 끄덕였다.

“굳이 상대가 이빨을 드러내지 않는데 혼자 성낼 정도로
멍청하진 않습니다.”

“그래요. 소협은 우리와 다르니까요.”

혜불사태의 말에 지악천은 속으로 의아해했다.

‘다르다? 성격? 성향? 아니면 뭘 말하는 거지?’

“제 말뜻이 궁금한가요? 앞서 말한 다르다는 건 별거 아
니랍니다. 그냥 말 그대로의 차이를 말하는 거죠. 어릴 때
부터 자연스럽게 적대적인 감정을 가지게 되는 무림인과
관인들의 차이. 그런 다름을 말하는 거죠. 또한, 무림인이
인식과 관인이 인식하는 결정적인 차이가 어떻게 다른지.

그걸 알려주고자 해요. 그래야 소협이 그 상황에 제대로 대처할 테니까."

"그것은 누굴 위한 겁니까?"

지악천의 물음에 혜불사태가 가볍게 웃었다.

"이왕이면 소협을 위한 것이기도 하지만, 외적으로는 소협과 문제가 생길 이들을 위해서죠. 이미 암상과 흑연과는 이미 악연인데 다른 곳까지 엮이면 골치 아프지 않겠어요? 이왕이면 말로 풀 수 있다면 최상의 결과가 되겠죠."

혜불사태의 말이 끝나기 무섭게 무왕의 목소리가 울렸다.

"네 말은 정말 저 녀석에게 가당치도 않은 말이구나. 안 그러냐 제갈가야?"

"……."

제갈수의 침묵 속에 무왕의 말이 이어졌다.

"관이나 무림이나 결국은 힘 있는 놈이 최고인데 그런 말은 약자들에게나 통용되는 말뿐이지. 그리고 저 녀석은 관상만 봐도 한번 엮인 이상 조용히 살 수 없는 팔자야. 그리고… 누군지는 모르겠지만, 이미 절대로 끊어질 수 없는 악연으로 점철된 상황이고. 아니더냐?"

그 말에 지악천의 표정이 굳었다.

"그런 이가 있긴 합니다."

혈인을 떠올리는 그 순간 정말 한순간이지만, 흘러나온

살기는 무시무시했다.

"저 봐라. 누군지 몰라도 떠올리기만 해도 저럴진대 네 말대로 될 리가 없지. 그냥 흘러가는 대로 내버려 두는 게 순리라는 거다."

그의 말대로 일순간 지악천이 내비친 살기는 그들이 생각할 수 있는 범위를 가뿐하게 벗어나는 수준이었다.

철천지원수에게나 보일 수 있는 수준의 살기라고 봐도 무방할 정도였다.

그런 지악천의 살기를 느낀 제갈수와 혜불사태는 무왕의 말을 반박할 수 없었다.

지악천이 내뿜은 살기는 인위적으로 내뿜는 그런 살기와는 다른, 정말 누군가를 증오하고 죽이고 싶은 마음이 가득 담긴 살기였으니까.

"저런 살기를 품고 있는 녀석에게 누구 말도 통하지 않는다. 어차피 그 상대를 만난 게 된 순간 자신의 모든 걸 걸고서라도 죽이려고 할 테니. 그러니 이 녀석에게 쓸데없는 말 하지 마라."

차분하게 하는 말에 제갈수와 혜불사태는 그저 고개를 끄덕이는 것밖에 할 수 있는 것이 없었다.

그러는 그들을 본 무왕이 차분하게 가라앉은 눈으로 지악천을 바라봤다.

"네 녀석에게 하지 말라는 말은 하지 않겠다. 어차피 내가 말한다고 들을 것 같지도 않으니까. 받아라."

무왕은 자신의 허리춤에 있던 검을 집 째로 지악천에게 던졌다.

"네게 원수라고 할 만한 놈만 죽여라. 그리고 그 검을 나에게 가져오도록. 선을 넘지 말라고 주는 거다. 네 녀석이 그나마 사리 분별 정돈 할 줄 알아 보이니까. 주는 거다. 이후에 네가 살심(殺心)을 이겨내지 못한다면 내가 직접 내 손으로 널 죽일 것이다. 그것이 그분에게 진 은혜를 갚는 셈이라고 생각하고."

무왕의 표정은 정말 너무나도 진지했다.

그리고 자신을 죽이겠다는 말에도 지악천은 꿈쩍하지 않았다. 지악천에게 최우선 목표는 어디까지나 혈인. 그놈이었으니까.

"어떻게 하겠느냐? 내 말대로 할 것이냐?"

무왕의 재촉에 잠시 입을 다물고 있던 지악천이 입을 열었다.

"좋습니다. 만약 그 말씀대로 제가 피에 미쳐버린다면 기꺼이 목을 내놓겠습니다."

지악천의 말대로 상황이 어떻게 변할지 모르는데 어떻게 판단할 수 있냐의 문제였다.

"…좋다. 공증은 저 녀석들로 하지. 하나는 제갈세가. 하나는 아미파다. 신용은 확실한 녀석들이지. 너희 둘 다 공중한 거다. 이 녀석이 살심에 빠져 살육을 벌인다면 내가 이 녀석을 죽이겠다고."

너무나 갑작스러운 상황에 제갈수와 혜불사태는 얼떨결에 고개를 끄덕이고 말았다.

"그만 가봐라. 항상 평정심을 가지는 걸 잊지 마라. 사람은 한순간에 어떻게 될지 모르니까. 그리고 네가 벽을 넘고 싶다면 그 평정심을 가질 줄 알아야 할 수도 있다는 걸 알아둬라."

지악천을 보내는 무왕은 그래도 끝까지 그에게 조언을 아끼지 않았다.

그렇게 지악천이 사라지자 혜불사태가 무왕에게 물었다.

"고조백부님. 어째서……."

"왜 그랬냐고? 아까도 말했지만, 저 녀석이 보인 살기는 거의 죽다 살아난 이들이나 가질 수 있는 원한이 깃들어 있었다. 그런 경험을 어디서 경험했는지는 모르겠지만, 저런 녀석들은 대개 둘 중 하나다. 원한을 풀어내든가 원한을 풀어내지 못하고 살귀가 되든가."

"그래서 소협에게 그렇게까지 하신 건가요?"

"그래. 그리고 너희는 잘 모르겠지만, 저 녀석이 그분에게 뭔가를 얻었다면 그 후폭풍은 결코, 가볍지 않을 거다. 천하가 저 녀석을 중심으로 돌아갈 수도 있을 정도니까."

"하지만……."

"하지만은 무슨 놈의 하지만! 너희는 너희 사부들에게
전해 들었을 뿐이지만, 나와 땡중은 눈으로 보고 경험한
것이 있다. 그렇기에 절대로 그가 살귀가 되게 놔둘 수 없
다. 감당할 수 있을 때 정리하는 게 좋다. 그것이 천하의
안정에 도움이 될 테니까. 또한 땡중이 이 자리에 있었다
면 나와 같은 애길 했을 거다. 그러니 군말 없이 따라라.
어차피 잘 되면 그만이고 안 되면 죽일 뿐이다. 만약 후자
라면 시간이 흐른 뒤 내가 나서지 않는다면 천하십오절이
라는 애송이들 선에선 불가능할 거다."

지악천이 시간만 있다면 천하십오절을 뛰어넘을 거라는
확신 어린 말에 충격을 받았다. 그리고 그런 그들의 표정
을 본 무왕은 고갤 절레절레 흔들었다.

"이미 녀석은 화경의 문을 두드리기 직전이니까."

第三十六章 一 개수작

　무왕(武王) 현도진인(玄都眞人)을 만난 후에 현청으로 돌아온 지악천의 기분은 좀처럼 풀리지 않았다.

　주위에서 다가가 말을 붙이기 힘들 정도로 지악천이 외적으로 풍기는 기운은 딱 '나 지금 매우 기분 안 좋다.'라는 듯했다.

　지악천은 아직도 무왕이 자신에게 왜 그런 이야기를 들려주면서까지 말을 했는지 이해할 수 없었다.

　'아니, 내가 뭘 잘못했는데? 내가 뭐 죽을 짓이라도 한 거야?'

　그러한 생각을 계속해서 했지만, 결국 마땅한 답을 찾진 못했다.

물론 상황이 참 애매하다고 할 순 있었다.

미래에 혈인이 자신을 죽였지만, 지금 아무런 문제를 일으키지 않고 있을 확률도 있었으니까.

결국, 자신이 혈인이 누군지 알아내서 그를 죽인다면 지악천의 사정을 모르는 이들은 그가 무고한 사람을 죽였다고 생각할 수 있었다.

그리고 그것이 발화점이 될 수 있었다.

'반대로 내가 돌아와서 그를 다시는 만날 수 없을 수도 있다는 말이긴 한데…….'

물론 지악천이 그 부분을 생각하지 않았던 것은 아니었다.

하지만 그렇게 무참히 사람들을 베어 넘기는 놈이 조용히 있으리라 생각하지 않았기에 지금까지 이렇게 노력했다.

그런데 그런 노력이 다른 누군가의 눈엔 위험하게 보였다는 사실이 지악천에겐 뼈아프게 다가왔다.

그렇다고 해서 당장 혈인에 대한 증오심을 놓아 버리면 삶의 원동력을 놓을 것 같은 느낌이기에 쉽게 놓을 순 없었다.

그리고 그런 그의 고민이 길어질수록 주위의 시선도 걱정스럽게 변할 수밖에 없었다.

벌써 보름이 지나도록 포두가 해야 할 일을 제외한 그 어떠한 활동도 하지 않고 집무실에 박혀 있기에 더욱더 그럴 수밖에 없었다.

"도대체 무슨 일이 있었던 거야?"

강성중의 물음은 당연하게도 후포성을 향한 물음이었다.

"일전에 혼자 어딜 갔다 온다더니 계속 저러는 걸 뭔 수로 알겠수?"

고갤 흔들며 말하는 그의 말에 강성중은 다시금 제갈 남매에게로 향했다.

"혹시 아시는 게 있습니까?"

"전혀요. 다만… 아니에요."

제갈청하는 내심 일전에 세가에 들렀다가 다시 돌아온다는 제갈수가 걸렸지만, 당장은 말할 단계가 아니라고 생각했는지 이내 입을 다물었다.

그러한 제갈청하의 행동에 강성중은 뭔가 있나 싶었지만, 제갈청하가 얘길 하지 않기에 캐물어 볼 수 없었다.

이들 중 가장 오래 지악천과 지낸 강성중으로선 여러 가지로 걱정이 이만저만이 아니었다.

지금까지 지악천과 지낸 정에 그가 인간적으로 걱정이 됐다.

피가 이어진 친동생은 아니었지만, 마치 친동생처럼.

단순히 지악천에게 받은 것이 많아서 그런 것이 아니었다.

대략 반년 전이었다면 이 정도까진 아니었을 수도 있겠지만 같이 지낸 시간이 적잖았기에 더욱 신경이 쓰였다.

'결국 직접 물어봐야 하나?'

강성중은 지악천이 풍기는 분위기가 살짝 꺼림칙하고 그가 방해받고 싶지 않은 듯해서 그동안은 가만히 있었다.

하지만 이런 분위기가 계속되지 않길 바라고 있었다.

* * *

섬서성 서안(西安)에 자리한 한 객잔의 방에는 2명의 중년인이 자신들에게 도착한 서신을 읽고 있었다.

꾸깃꾸깃.

"안타깝군. 그분들이 인정했다면 우리로선 방도가 없군. 특히 자넨 아쉽겠군."

그 말을 하는 중년인의 소매에는 매화 자수가 달린 걸 보니 화산파의 인물이 틀림없어 보였다.

"속을 긁고 싶다면 그냥 대놓고 비아냥거리게. 안 그래도 짜증나는데."

그런 그의 약간의 짜증 섞인 말에도 화산파 중년인은 아랑곳하지 않았다.

"그래도 아쉽지 않나. 하찮은 놈이 그런 기연을 얻다니 말이야. 거기다 그분이 쓰시던 검까지 받았다고 하니 더 기가 막힐 일이 아니겠는가. 그 검을 알아보는 이들이 있다면 그에게 함부로 하지 못하는 일이 생기겠지. 사정을 모르는 누군가는 제자라고 착각할 수도 있고 다른 누군가는…… 놈을 죽이려고 할 수도 있겠군."

마지막 말에 유독 힘이 들어간 듯한 느낌이었다.

"흥. 그런 일이 벌어질 리가 없지 않나. 제갈수가 써 보낸 그대로라면 자네가 하찮은 놈이라고 하는 놈의 수준은 우리와 동급. 아니, 그 이상이라고 볼 수도 있는데 말이야."

화산파 중년인에게 자신의 쓰린 속을 크게 긁혀서 그런지 그의 말에는 살짝 날이 서 있었다.

"흥! 그래봤자, 애송이에 불과하지. 어디 그런 놈들이 한둘이었나? 죄다 나대다가 죽었지."

"그거야 철없는 애송이들이었고 초절정의 끝자락에 있는 이가 그런 멍청한 짓을 할까. 애초에 큰 접점도 제갈세가뿐인데."

그의 말에 화산파 중년인이 아주 얍삽한 미소를 지었다.

"접점이 없으면 접점을 만들면 되고 그렇게 만들어진 접점을 크게 부각하는 거지. 화산과 종남이 대놓고 움직이면 너무 개방의 눈에 보일 수밖에 없으니 뒤를 이용해야겠지."

화산파 중년인의 말에 다른 중년인은 미간을 찌푸렸다.

"어찌 그런 걸 제안하나? 굳이 그를 건드려서 얻을 게 없는데. 굳이 적을 만들 필욘 없지 않은가."

"크하핫! 그렇지. 자네라면 그렇게 말할 줄 알았지. 종남의 단검(短劍)이라 불리는 유운(流雲). 자네라면 말이야. 그렇지만, 아쉽지 않나?"

"……."

그의 말에 유운은 침묵했다.

"그런 놈이 자네의 제자가 얻었을지도 모를 뭔가를 얻었을지 모르지 않나. 내가 제자가 있었다면 몰라도 자넨 아니지 않나. 자네 제자. 솔직히 손꼽힐 만한 무재(武才)를 타고났는데 아쉽지 않은가? 놈을 잡아서 족치면 뭔가 알아낼 수도 있지 않겠는가."

유운 역시 그런 생각을 단 한 번도 해보지 않은 것은 아니었다.

하지만 현재 도가(道家)의 최고수인 무왕 현도진인에 인정을 받았다는 걸 생각하면 그건 그야말로 생각으로 끝내야 했다.

만약 그런 일을 실제로 벌였다가 밝혀진다면 뒷감당을 할 수 없을 것이 분명했다.

운이 좋아야 흐지부지, 운이 없다면 목숨 하나로 감당할 수 없는 일이었다.

"거절하지. 그런 일을 생각하는 것만으로도 불경한 일인데 실제로 했다간 감당이 되겠는가. 아예 못 들은 것으로 하겠네."

유운의 말에 화산파 중년인은 겉으론 아쉽다는 표정을 드러냈지만 내뱉은 말은 달랐다.

"아쉽군. 자네가 도와준다면 쉽게 풀릴 수 있는 일이었는데."

그런 그의 말에 유운의 눈빛이 날카롭게 변했다.

"애초에 자넨 내 의사와는 상관없이 일을 벌이려고 했군."

유운의 말에 중년인이 몸을 길게 빼서 유운에게 상체를 가까이하며 작게 말했다.

"사실 이미 진행 중이라네."

벌떡!

그의 말에 일어선 유운이 그를 노려봤다.

"미쳤는가? 송옥자! 어찌 그리……."

유운의 말에 화산파 중년인인 송옥자가 다시 자리에 앉으며 비릿한 표정을 지었다.

"나보고 미쳤냐고 물었나? 미쳤지. 아무렴. 미치지 않고서 어찌 그런 무지렁이 같은 놈이 그런 걸 두고 볼 수 있겠나. 가능하면 모든 것을 털어낼 생각이야."

몇 가지를 제외한 모든 걸 말하고 있는 듯한 송옥자를 바라보는 유운의 눈빛은 불신이 가득했다.

"설마 나를 불러낸 것이?"

그 물음에 송옥자의 머리가 천천히 끄덕였다.

"자네라면 동의할 줄 알았는데 실망스럽군."

말을 하는 송옥자의 눈을 본 유운은 뭔가 오묘했다.

그가 본 송옥자의 눈은 표정과는 다르게 욕심이 가득해 보이진 않았다.

그 자리엔 욕심이 아닌 광기에 가까운 무언가가 들어차 있었다.

"도대체 무슨 생각인가?"

"나에게 무슨 생각이냐고 물었나? 자네가 보기엔 내가 무슨 생각을 하는 거 같나? 난 앞서 말한 대로 할 뿐이라네. 놈이 그걸 가지게 할 순 없지. 난 내가 하는 일이 정파를 위한 대의라고 생각하고 있으니까. 수단과 방법을 가리지 않을 생각이라네. 그리고 놈에게 알아낸 후에 재능 있는 후학들에게 다 알려줘야지. 그래야 우리 정파가 쓰레기들을 무림에서 지워버릴 수 있을 테니까."

처음에는 살짝 장난스러움이 있었다면 지금은 너무나도 진지했다.

그의 말이 사실이라는 것처럼 느껴질 정도로.

"그것이 무왕과 신승을 무시하는 결과가 될지도 모르는데도 할 건가?"

"그분들도 일이 벌어진 후에는 날 탓하진 않으시겠지. 이미 지나간 일을 탓하기에는 너무 멀리 간 후일 테니까."

송옥자는 확신하고 있었다.

자신의 손아귀에 지악천이 들어올 것이라고.

하지만 그런 송옥자와 반대로 유운은 그다지 낙관적이지 않았다.

'초절정의 무인을 그렇게 쉽게 잡을 수 있는 집단이 존재할 수 있을까? 거기다 제갈세가와 개방의 눈을 동시에 속일 수 있는 곳이 존재하던가.'

유운은 이미 자신의 앞에 있는 송옥자가 선을 아득히 넘어버렸다는 걸 알았다.

"……다른 이들에겐 알리지 않을 테니 자네 알아서 하게. 아니, 최소한 이 일이 정리될 때까지 연락하지 마시게. 그게 자네나 나나 좋을 것 같네. 난 두 분께 미움 받을 일을 하고 싶지 않으니."

유운은 결국 눈이 돌아간 송옥자를 설득하는 것을 포기하고 자리에서 일어났다.

'그런데 이미 일이 진행 중이라면 늦었을지도 모르겠군.'

밖으로 나간 유운은 곧장 서안을 벗어나 종남파로 돌아가는 내내 고민해봤지만, 마땅한 답을 꺼낼 수 없었다.

마음 한구석에는 송옥자가 한 말을 이해하고 있었기 때문이었다.

유운이 떠난 자리에 홀로 남은 송옥자는 사라진 유운의 자리를 바라보고 있었다.

'내 결정을 후회하지 않는다. 어차피 결과를 만들어내면 될 일이다. 결과가 모든 것을 말해줄 거다. 모든 건…….'

"결과로."

그렇게 중얼거리듯 내뱉은 송옥자도 그대로 밖으로 나갔다.

다만, 그가 향하는 곳은 화산파가 있는 화산이 아닌 다른 방향이었다.

* * *

지악천은 그렇게 얼마간의 시일을 흘려보냈지만, 확실한 답을 유추해내진 못했다.

하지만 한 가지는 확실했다.

일단 죽이든 살리든 일단 놈이 누군지 알아야 한다는 것이었다.

'일단 누군지 알아내자. 그리고 나머지는 그 후에 생각해도 늦지 않겠지.'

그것이 지악천이 그렇게 고민하고 또 고민한 결과였다.

그리고 지악천이 다시금 활동하기 시작하니 주변에 있는 이들의 표정도 자연스럽게 풀렸다.

그런 상황을 가장 반기는 것은 물론 그동안 가장 가까이에서 붙어 있던 후포성이었다.

후포성은 아침에 달라진 지악천의 표정을 보고 안도의 한숨을 쉴 수 있었다.

'하, 이제 좀 편해지겠네. 무슨 일이었는지는 몰라도 말이야.'

그렇게 편하게 생각하는 와중에도 그는 자연스럽게 관졸들을 통솔하고 있었다.

그 짧다면 짧은 시간에 완전히 '포두'라는 직책에 익숙해진 후포성이었다.

한편 백촉은 오래간만에 지악천과 함께 순찰이 아닌 일로 밖으로 나오니 활발하게 움직였다.

오랜만에 제대로 된 외출에 백촉의 기분이 아주 좋은지 빠르게 지악천의 주변을 맴돌면서 기분 좋은 티를 팍팍 내고 있었다.

그런 모습에 지악천은 백촉을 보며 미안한 마음이 들었다.

그래도 영물이라서 그런지 그동안 지악천이 고민에 빠진 사이에 백촉이 최대한 조심스럽게 행동했다는 걸 이제야 인지할 수 있었다.

그리고 자신이 백촉에게 달리 신경 써주지도 못했다는 것을.

그런데도 저렇게 기분 좋아 보이니 지악천은 무릎을 굽혀 백촉과 시선을 맞추며 머릴 쓰다듬었다.

"내가 그동안 걱정하게 만든 모양이구나. 미안하다. 그 대신 사과의 의미로 돼지 큰놈으로 사주마. 어떠냐?"

팽팽.

지악천의 말에 백촉의 꼬리가 맹렬하게 움직이기 시작했다.

아주 만족한다는 듯이.

그런 백촉의 모습에 지악천은 기분 좋은 미소를 지으며 방향을 틀어 객잔으로 향했다.

돼지를 통째로 준비하려면 시간이 필요했다.

그렇게 객잔에 주문하고 난 후에 지악천은 우선 제갈세가가 전세 내다가 얼마 전에 매입해버린 객잔으로 향했다.

원래라면 강성중을 먼저 찾았을 지악천이었지만, 어째선지 그의 기척이 주변에서 느껴지지 않기에 이렇게 제갈 남매를 먼저 만나러 온 것이다.

지악천이 왔다는 소식에 제갈 남매를 바로 만날 수 있었다.

"미안합니다. 개인적인 사정으로 약속을 지킬 수 없었습니다."

지악천은 제갈 남매를 마주하기 무섭게 일단 사과부터 했다.

자신의 사정으로 제갈 남매에게 아무 말도 없이 두문불출했으니 일단 사과부터 해야 했다.

"아니에요. 제가 억지로 밀어붙였던 거니 괘념치 않으셔도 됩니다."

"아닙니다. 그래도 그것은 제가 받아들였던 것이니 사과를 해야 마땅하죠. 약속을 어겨 미안합니다."

그 말과 함께 다시금 사과하면서 머리까지 숙였다.

재차 사과하는 지악천의 모습에 오히려 제갈 남매는 어쩔 줄 몰라 했다.

안 그래도 제갈수가 이전에 잠시 세가를 들렀다가 오겠다는 말과 함께 지악천의 심기를 어지럽히지 않고 지켜보기만 하라고 신신당부했기에 그들은 일단 사과를 받는 것으로 정리했다.

"알겠어요. 포두님의 사과 받아들일게요."

제갈청하의 말에 그제야 지악천도 만족스러운 표정을 지었다.

"받아주시니 마음이 한결 가볍군요. 일단 내일부터 대련은 다시 하겠습니다. 괜찮겠습니까."

지악천의 말에 제갈청하는 불만이 없었다.

오히려 한창 대련하다가 반강제로 휴식을 취하니 몸 상태가 이전보다 더 좋아졌으니까.

"좋아요. 내일."

만족스러운 제갈청하와는 달리 제갈청운의 얼굴은 그다지 좋지 않았다.

사실 제갈청운의 무재는 강성중, 후포성, 제갈청하 중 가장 떨어지는 수준이었다.

정확히 말하면 평범보다 조금 나은 수준이라고 할 수 있었다.

안 그래도 대련 자체도 힘든 상황인데 쉼 없이 미친 듯이 달리는 셋을 따라가기엔 너무나도 역부족이었다.

제갈청운은 대련이 잠정 중단됐던 오늘까지 너무나도 행복한 나날을 보냈기에 더더욱 좋지 않은 표정일 수밖에 없었다.

지악천은 그런 제갈청운의 표정을 봤지만 본인이 나오는 이상 말릴 생각은 없었다.

'정 힘들다 싶으면 알아서 그만두겠지.'

그렇게 제갈 남매와의 만남을 뒤로하고 앞서 돼지 통구이를 주문해둔 객잔으로 향했다.

어디 있는지 도통 알 수 없는 강성중을 굳이 찾아다니기보다는 알아서 찾아오는 걸 기다리는 게 빨랐다.

그렇게 객잔으로 간 지악천은 당연하게도 아직도 조리 중이라는 말을 들었다.

그건 당연했다.

제갈 남매를 만나고 돌아온 시간이 얼마 지나지도 않았

으니까.

하지만 지악천은 아주 자연스럽게 주방으로 향했다.

그리고 그런 그를 점소이는 항상 있는 일이라는 듯이 제지하지 않았다.

"고생이 많군."

지악천의 말에 숙수 역시 자연스럽게 그를 안으로 안내했다.

"이쪽입니다. 오늘도 그렇게 하실 겁니까?"

"그래야지. 지금 상태로는 저녁에나 먹을 수 있지 않겠나. 급하게 주문했으니까. 도와줘야지. 그리고 자네도 이쪽만 보고 있을 수도 없잖나."

자연스럽게 말하는 지악천의 모습에 숙수는 고갤 끄덕이며 약한 불 위에서 잘 익어가는 돼지를 바라봤다.

"가서 일보게. 어차피 후원에서 먹어야 할 것 같으니."

숙수가 자리를 떠나기 무섭게 지악천은 숙수가 있던 자리로 움직였다.

타닥타닥, 치이익.

두꺼운 꼬챙이들에 꽂힌 크나큰 돼지 아래 붉게 달아오른 숯이 잔뜩 쌓여 있었다.

숯에서 일어나는 열기에 돼지는 기름을 뚝뚝 흘리면서 그 특유 냄새를 풍겼다.

하지만 숯의 열기로 익히기엔 돼지의 두께가 상당했다.

이대로 계속한다면 저녁에 완성될 거라고 확신하기 어려울 정도였다.

그래서 지악천이 나선 것이다.

화기를 쓰게 된 후부터 이렇게 종종 백촉이 먹던 것 중에서 조리가 오래 걸리는 것들을 마치 삼매진화를 쓰듯이 내부부터 빠르게 조리를 도와주곤 했었다.

실제로 지악천이 뿜어내는 화기의 열은 지금 그의 앞에 있는 숯보다 뜨거웠기에 가능한 방법이었다.

툭, 투두둑, 치이이익!

화기를 적절하게 끌어올린 지악천의 왼손이 돼지를 쓰다듬기 시작하자, 밑으로 떨어지는 기름의 양이 급속도로 늘어갔다.

많은 양의 기름이 밑으로 떨어지면서 그 기름에 닿은 숯에서 불길이 일어나기도 했지만, 지악천은 별거 아니라는 듯이 아랑곳하지 않고 돼지의 전신을 빠르게 쓰다듬기를 반복했다.

그러자 돼지의 전신이 빠르게 붉게 달아오르기 시작했다.

본래 껍데기를 그렇게 익히려면 은은한 불에 천천히 긴 시간을 조리해야 가능한데 지악천의 화기에 반응해 변하기 시작한 것이다.

휙!

겉면을 빠르게 쓰다듬던 지악천이 꼬챙이를 잡고 한 치의 망설임 없이 뒤집었다.

그렇게 붉게 달아오른 껍데기가 바닥으로 향하자 나머지는 숯불에 맡기기로 하고 별다른 고민 없이 그대로 갈라진속에 손을 넣으며 이번에는 내부에 화기를 흘려보내기 시작했다.

순간적으로 강하게 뿜어지는 화기(火氣)에 따라오는 강한 열기가 끊임없이 흘러나오는 기름을 태우듯이 증발시켰다.

지방과 기름이 불에 타는 특유의 냄새가 후각을 자극하기 시작했다.

그리고 그 강한 냄새에 멀찌감치 떨어져 있던 백촉이 슬금슬금 다가왔다.

"아직 아니야. 조금만 더 하면 되니까 기다려."

지악천의 말에도 백촉의 꼬리는 빠르게 움직이고 있었다.

같은 시각 강성중은 이른 아침부터 남악을 떠나서 장사(長沙)에 도착한 상태였다.

그가 장사에 온 이유는 은영단주의 호출 때문이었다.

"직접 오실 줄은 생각도 못 했는데 직접 오셨군요."

"나라고 오고 싶었던 건 아니다. 언제나 사람이 부족한

탓이지."

"……."

부족하다는 그의 말에 강성중은 달리 할 말이 없었다.

맞는 말이었으니까.

감시할 사람들의 수에 비해서 터무니없이 부족한 게 사실이니까.

"뭐, 그 얘긴 됐고 어때?"

그 물음 당연히 지악천에 대해서였다.

"최근에 뭐 때문인지 모르겠지만, 뭔가를 고민하는 모양입니다. 최소한의 필요한 활동만 하고 있습니다."

"그때 보고했던 것과 별로 달라진 게 없단 거군."

"예. 적어도 어제까지는 별다른 변동은 없었습니다만……"

말을 하는 강성중의 눈은 의문을 품고 있었다.

굳이 자신을 만나기 위해서 장사까지 왔다는 건 다른 뭔가가 있지 않겠냐는 생각을 품기 충분했으니까.

"뭐, 그것도 있긴 한데 화산이 움직이기 시작해서 말이지."

"화산파 말입니까."

그 말에 단주가 가볍게 고갤 끄덕였다.

"누굽니까?"

"송옥자. 일단 홀로 움직이고 있고 화산파는 움직이지

않고 있다. 개인적인 볼일인지, 독단적인 움직임인지까지는 모르겠지만, 혹시 모르니까 주의하라고."

"골치 아픈 이가 움직이는군요. 부디 그가 호남으로 오지 않길 빌어야겠군요. 이미 지악천 포두에 대해선 윗선에서 대부분 알고 있을 테니."

"그래. 송옥자. 그자의 성향을 생각한다면 그리고 그가 노리는 이가 지 포두라면 골치 아플 수도 있다. 그리고 정말로 지악천을 노리고 움직인다면 이쪽에서 움직이기가 생각처럼 쉽지 않다는 것은 알고 있겠지? 무림맹 내부에서도 송옥자를 옹호하는 이들이 적지 않다는 것 또한."

"압니다. 송옥자, 그가 과격파라는 것은. 하지만 그의 행동력만큼은 가히 존경스러울 정도긴 하죠."

"말과는 다르게 여유롭군."

"제가 생각한 대로 그가 벽을 앞둔 것이라면 단주님과 저의 고민은 무의미하지 않겠습니까. 송옥자의 말과 행동에 동의하는 이들 중에 화경의 경지에 들어선 이들은 없으니."

강성중의 말에 은영단주의 표정이 굳었다.

"강성중. 그건 그리 쉽게 언급할 수 있는 말이 아니야."

"압니다. 하지만 지금까지 보여준 모습을 본다면 충분히 가능하다고 봅니다. 그 침묵의 끝이 새로운 발판이 될지 안 될지. 그리고 그게 아니라도 송옥자가 무슨 짓을 해오든 제갈세가가 버티고 있는 이상 쉽지 않을 겁니다."

강성중의 말에 은영단주는 인정하지 않을 수 없었다.

"뭐, 그건 그렇지. 지금의 화산파로서는 제갈세가를 무시하긴 힘들겠지. 다른 이들도 마찬가지고."

단주는 가볍게 얘기하는 듯했지만, 목소리에 담긴 감정은 그렇지 않았다.

우려하는 감정이 가득 담겨 있었다.

"압니다. 예. 그들은 이제까지처럼 반드시 움직일 거라는 것을."

"아무튼, 일단 그에게 경고도 해주게나. 제갈 남매에게도 해주고."

"알겠습니다."

"그가 뭔 짓을 할지 모르니 조심 또 조심하도록. 그가 직접 모습을 드러내지 않는 이상 무조건 의심하고."

"예. 알겠습니다."

"그리고 이거. 군사님께서 보내신 거다. 너와 그에게 한 알씩 챙겨라. 청풍단이다."

"예?"

강성중은 단주가 꺼내서 건네는 작은 목함 2개를 보며 놀랐다.

청풍단은 내상약 중에 상급에 속하는 물건인데 이렇게 쉽게 나돌 물건이 아니기 때문이다.

"뭘 그리 놀래? 청풍단이라고."

"아니, 압니다만…… 왜?"

"군사님께서 그만큼 이번 일에 신경 쓰고 있다는 뜻이니 조심하고. 후에 다른 정보 들어오면 바로바로 보낼 수 있게 준비해뒀으니."

"예. 그리고 송옥자. 그자의 얼굴이 일그러지는 걸 저만 보게 될 거란 사실이 아주 기쁘네요."

강성중의 말에 은영단주는 가볍게 입꼬리를 올렸다.

"그래. 네 말대로 되길 기원하마. 그리고 만약 그 꼴을 보게 된다면 그 모습을 그려서 보내고. 소감과 함께."

그의 말에 강성중도 미소를 지었다.

*   *   *

보름 후.

섬서를 떠났던 송옥자가 모습을 드러낸 곳은 호남의 소동(邵東)이었다.

소동은 남악과 그리 멀지도 가깝지도 않은 곳이긴 하지만, 무인인 송옥자에겐 그리 멀지 않은 곳인 셈이었다.

"오셨습니까. 송 진인."

누군가가 송옥자를 알아보고 아는 척해왔지만, 그는 자신을 알아본 이를 바라볼 뿐 대꾸하지 않았다.

"……."

하지만 그런 송옥자의 반응이 익숙하다는 듯이 그를 안내하듯이 돌아서서 걷기 시작했다.

그리고 그 모습을 본 송옥자는 그의 뒤를 따랐다.

그렇게 사내를 따라서 안으로 들어선 송옥자를 맞이하는 이는 다른 사람이었다.

"생각보다 일찍 오셨군요. 자리는 마련해 뒀습니다."

그 말을 하는 이 역시 안내역에 불과했는지 안내만 했고 방 안으로는 들어가지 않았다.

하지만 그런 그들의 모습에도 송옥자는 익숙하다는 듯이 자연스러웠다.

안으로 들어간 송옥자는 안에서 자신을 기다리는 이를 보고 눈살을 찌푸렸다.

"사람이 바뀌었군."

"죄송합니다. 송 진인. 저희 쪽 사정이 있었습니다."

상대의 말에도 송옥자의 시선은 여전히 같았다.

"일만 제대로 처리해준다면야 아무래도 상관없겠지."

그 말에 상대는 희미한 미소를 지었다.

"이해해주셔서 감사합니다."

"내 의뢰는 이전처럼 간단하다. 한 사람을 밑바닥까지 흔들어놓으면 된다. 수단과 방법을 가리지 않고."

이미 송옥자가 그동안 해왔던 의뢰에 대해서 잘 알기에

그 말에 그다지 놀라워하진 않았다.

"대상은 누굽니까?"

"포두."

송옥자의 말이 너무나도 황당해서였을까? 아니면 그의 말을 듣는 순간 누군가가 떠올라서였을까.

"예? 포두 말입니까?"

상대의 반응에 송옥자는 미간을 좁혔다.

"문제 있나?"

"아, 아닙니다. 다소 의외라."

"의외? 내 의뢰가 뭐든 너희가 그런 것까지 생각해야 했던가?"

살짝 날 선 송옥자의 반응에 상대는 죄송하다는 표정으로 일관했다.

"물론 저희가 의뢰를 처리할 뿐 그것에 관한 관심은 필요는 없습니다. 죄송합니다. 경솔했습니다."

"됐고 너희가 해줄 일은 남악 현청에 있는 지악천이라는 포두를 그렇게 만들면 된다."

쩌억.

송옥자의 말에 앞에 있는 이의 입이 크게 벌어졌다.

"예? 누구를 어떻게요?"

"지악천이라는 포두. 놈을 작업하라고 했다."

송옥자의 재차 반복되는 말에 상대는 눈이 흔들렸다.

'대상이 일전에 지부장을 날려버린 이라니. 이걸 받아야 하나?'

송옥자는 자신의 앞에 있는 이에게서 산만함을 느꼈다.

"너희들에게 불가능한 의뢰인가?"

짜증이 가득 묻어난 목소리에 앞에 있는 이는 더욱 당황할 수밖에 없었다.

"그것이…… 송 진인의 의뢰는 제가 확답할 수 없는 의뢰입니다."

"뭐라?"

"저희 쪽에 문제가 있습니다. 죄송합니다. 일단 상부에 문의한 이후에 다시 가부를 알려드릴 수 있을 듯합니다. 괜찮으시겠습니까?"

"……."

송옥자는 자신이 지금 만난 이들의 정체를 알고 있는데도 이렇게까지 말하는 것으로 본다면 자신이 일을 벌이기 전에 이들이 지악천과 어떤 접점이 있었다는 걸 쉽게 유추할 수 있었다.

"지악천이라는 버러지에게 당한 건가?"

이전까지는 감정이 메마른 듯한 느낌의 목소리였다면 방금은 누가 들어도 짜증이 잔뜩 났다고 생각할 정도의 목소리였다.

"……죄송합니다. 이 이상은 제가 언급할 사항이 아닙니

244

다. 일단 상부에 송 진인의 의뢰를 올려놓겠습니다. 하지만 가부는 장담할 순 없습니다."

"기다리지."

기다린다는 송옥자를 두고 일어선 그는 그대로 방을 빠져나갔다.

그렇게 어두운 방에 홀로 남은 송옥자는 눈을 감으며 생각에 빠졌다.

자신과 대화를 나눈 이가 보여준 태도와 제갈수를 통해서 들었던 이야기들을 적절히 섞으면서 가정을 내리기 시작했다.

'제갈수의 말대로라면 적어도 놈이 이놈들과 손을 잡고 있을 리가 없겠지. 그렇다면… 이곳의 담당이었던 놈이 사라진 것과 관련이 있겠지. 최소한 제갈수가 놈을 만나기 전의 일인데. 생각보다 능력이 있는 놈인가?'

송옥자는 자신이 필요한 일을 의뢰하는 이곳의 능력을 생각했을 때 이들이 고작 그런 포두 놈에게 당했다는 걸 믿지 않고 싶었지만, 결과가 그러하니 그 부분만큼은 인정할 수밖에 없었다.

그렇게 잠깐의 시간이 흐른 뒤에 나갔던 이가 돌아왔다.

"일단 상부에 연락을 올렸으니 며칠 안에 결과가 나올 겁니다. 어쩌시겠습니까? 이전처럼 이곳에서 기다리겠습니까? 아니면……."

"흠… 일단은 기다리지. 그쪽에서 내린 결정을 듣고 난 후에 움직이는 게 나을 것 같으니."

"알겠습니다. 가시죠. 안내하겠습니다."

그의 말에 자리에서 일어난 송옥자가 그의 뒤를 따라서 위로 올라갔다.

* * *

은영단주를 만나고 며칠이 지난 후 강성중은 똥 씹은 듯한 표정을 하고 있었다.

그 이유는 지금 그의 앞에 있는 지악천 때문이었다.

'아니, 이게 말이 되냐고.'

아무리 경지의 깊이가 다르다고 해도 이 정도로 차이가 날 줄은 생각도 하지 못했다.

제갈청하와 후포성을 자신의 좌우에 둔 와중에도 지악천은 한 치의 물러섬 없이 오히려 그들을 압박하고 있으니까 말이다.

아무리 서로의 무공에 익숙해졌다고 해도 이건 선을 넘어도 너무 넘어섰다는 생각이 들 정도였다.

이제까지 무수한 대련으로 서로의 밑바닥을 보여줬다고 생각했는데 막상 까보니 밑바닥은 자신들만 보여줬고 지악천은 아직도 한계를 보여주지 않았다는 걸 이제야 깨달았다.

"인생 참 더럽고, 치사하다."

"아이씨! 헛소리 그만하고 좀 도와줘요!"

뒤에서 혼자 고갤 흔들고 있는 그를 향한 후포성의 고함에 강성중은 다시금 달려들었다.

지악천은 3명의 검이 정신없이 자신의 시야에서 움직이는 와중에도 손발을 빠르게 움직이며 그들의 공세를 흩어놓았다.

그러면서 그들의 움직임을 이용해서 견제하게 만드는 동시에 여유를 찾아가길 반복했다.

그런 그들의 대련을 백촉과 함께 지켜보고 있는 제갈청운은 고개를 흔들면서 작게 중얼거렸다.

"참으로 덧없다. 그치? 백촉아."

제갈청운의 말에 백촉은 그들에게 관심 없다는 듯이 꼬리만 살랑살랑 움직일 뿐이었다.

지악천에게 끊임없이 공세를 펼치는 강성중, 제갈청하, 후포성은 속으로 답답함을 느끼고 있었지만, 누구도 그 말을 입 밖으로 꺼낼 생각은 없었다.

만약 셋 중 누군가가 먼저 지쳐 쓰러진다면 내일 지악천과 일대일로 대련할 것이 눈에 뻔히 보이기 때문이다.

그리고 대충할 수도 없었다.

앞서 시작하기 전에 지악천이 대충하는 건성건성 하면

곧바로 중단하고 한 명씩 대련한다고 했으니까 말이다.

"머리 굴리지 마. 집중하고 있기도 바쁜데 머리 굴릴 시간이 있네?"

일순간 공세가 느슨해지기 무섭게 지악천의 입에서 말이 흘러나오자 셋의 공세가 더욱 날카로워졌다.

지악천의 말이 사실이라도 되는 양.

슈슉! 슈슈슉! 휘익!

셋은 나름대로 빈틈없이 공세를 펼친다고 펼치지만, 지악천의 입장에선 대단히 허점이 많았다.

거기다 초절정인 강성중조차 그것을 인지하지 못하고 허둥지둥하고 있는 시점에선 이미 그들에겐 고통뿐이었다.

펑!

허공에 터진 지악천의 장력에 셋은 뒤로 밀려났다.

"그렇게 따로 움직이니까 손해만 보는 거야."

그런 그들을 보며 지악천이 가볍게 이죽거렸다.

그들로선 지악천의 말을 전혀 이해할 수 없었다.

그들 중 누구 하나 실수하지 않으려고 신경을 날카롭게 하고 있었기에 지악천의 말을 인정할 수 없었다.

"헙!"

하지만 이내 제갈청하가 지악천의 말에 담긴 뜻을 이해했는지 손으로 입을 가렸다.

"자, 잠시!"

그런 제갈청하의 말을 끝까지 들을 생각이 없었던 지악천이 달려들었다.

달려드는 그의 입가에는 비릿한 미소가 달려 있었다.

"반성과 후회는 끝난 후에!"

안 그래도 장력이 터지면서 셋의 거리가 벌어진 사이를 파고든 지악천이 노린 것은 당연히 그들 중 가장 약체인 후포성이었다.

후포성은 자신을 향하는 모습에 놀라 검을 찔러 넣었다.

하지만 그런 후포성의 검을 지악천은 가볍게 몸을 띄워 피하는 동시에 빙그르르 한 바퀴 돌면서 손바닥을 그에게 뻗었다가 회수했다.

허공을 가르는 후포성의 검을 가볍게 밟은 후에 지악천은 강성중과 제갈청하가 있는 방향으로 몸을 날렸다.

한순간에 이뤄진 상황에 무슨 일이 벌어진 건지 인지하지도 못한 후포성은 지악천이 그저 물러섰다고 판단했다.

후우우우웅! 콰아앙!

후포성이 판단을 내리는 그 순간 그의 앞에서 주변의 공기를 빨아들이는 듯한 괴이한 소리가 들렸다.

이내 그 소리가 나던 곳에서 폭발이 일어나면서 예상치 못한 충격을 고스란히 감당해야 했다.

"끄악!"

지악천이 후포성에게 펼친 수법은 다름 아닌 격공장(隔

空掌)이었다.

장력을 발경의 묘리를 섞어서 쓰는 방법이었지만, 누구나 손쉽게 할 수 있는 것은 아니었다.

일정 수준 이상의 장력을 허공에 뿌리는 순간 격공장이 터지는 시간과 위치까지 계산해야 하는 여간 까다롭지 않을 수 없는 수법이었다.

그런 고도의 수법을 지악천이 선보이기 시작했다는 것은 그들에게 더 뼈아픈 상황으로 치닫고 있단 신호였지만, 누구도 그런 생각을 할 여유가 없었다.

격공장에 당한 후포성이 바닥을 구르고 있던 그 순간에 이미 지악천은 강성중을 지나쳐 제갈청하의 앞에 도달해 있었다.

제갈청하와 강성중의 시선은 하필이면 격공장에 당해 바닥을 구르는 후포성에게로 향했고 그런 그들의 빈틈을 놓칠 지악천이 아니었다.

훅!

지악천은 빠르게 격공장을 제갈청하의 앞이 아닌 측면으로 보내며 그녀에게 접근했다.

퍽!

"까악!"

펑!

"꺄아악!"

지악천의 발에 어깨를 맞은 제갈청하가 왼쪽으로 밀려나는 순간 좌측정면에 미리 날렸던 격공장이 허공에서 터지면서 그대로 반대편으로 날아가며 바닥을 굴렀다.

"강 형. 다들 잠시 쉰 사이에 감각이 너무 떨어진 모양이야. 안 그래?"

정말 깜짝할 사이에 순식간에 후포성과 제갈청하를 바닥에 굴린 후 자신의 앞에 선 지악천의 모습에 강성중이 할 수 있는 건 두 가지였다.

"졌다."

그 말과 함께 가볍게 양손을 들었다.

그리고 그때 먼저 쓰러졌던 후포성의 목소리가 들려왔다.

"치사하게! 나랑 제갈 소저만 바닥을 구르고 강 형은 빠지려고?!"

후포성의 외침에 아직 몸을 일으키지 못한 제갈청하까지 손으로 강성중을 가리켰다.

마치 그냥 넘어가면 억울하다는 듯이 강성중을 가리키는 손이 바들바들 떨고 있었다.

"저렇다는데?"

그런 그들의 모습에 지악천이 가볍게 씰룩 웃으면서 어깨를 으쓱하자 그 모습을 본 강성중의 관자놀이에서 한줄기의 땀이 흘러내렸다.

"아니, 졌다니까?"

"강 형. 알면서 그래? 항복도 상대가 받아줘야 성립하는 거라고."

지악천의 말에 강성중의 표정은 일그러졌고 쓰러진 제갈 청하와 후포성의 표정은 아주 만족스러운 표정이었다.

잠시 후 그들은 제갈세가가 매입해서 자리 잡은 객잔에 모였다.

"강 형. 이런 일로 쪼잔하게 삐지고 그러는 거 아니야."

살짝 삐진 듯한 강성중의 모습에 지악천이 한소리 하자 후포성이 뒤이어 거들었다.

"맞습니다. 혼자 맞기 싫어서 항복하는 추한 모습보단 당당하게 두들겨 맞는 게 무인 아니겠습니까."

후포성의 말에 제갈청하가 맞는 말이라는 듯이 고갤 끄덕이니 강성중은 고갤 숙일 수밖에 없었다.

강성중이 둘의 심정을 헤아리지 못하는 것은 아니었지만 서운하긴 했다.

누구 하나 빠지지 않고 두들겨 맞는 것이 공평한 결과라고 할 수 있었지만, 그래도 억울한 감이 없지 않은 모양이었다.

"아니, 그래도 너무하잖아. 저놈이나 제갈 소저는 가볍게 해놓고서 나만 왜……."

강성중의 목소리에는 짙은 억울함이 담겨 있었다.

하지만 지악천에겐 씨알도 먹히지 않는 듯했다.

"강 형. 셋 중 무위가 가장 높은 게 강 형인데 그 정도로 뭘 그래?"

"맞습니다. 우리 포두님 말대로 강 형이 억울해하면 됩니까? 같은 초절정의 고수인데 나나 제갈 소저보다 더 맞았다고 애처럼 그러면 안 되죠. 안 그럽니까? 제갈 소저?"

지악천의 말에 계속해서 옹호하는 후포성이 자신의 말에 힘을 실어달라는 듯이 제갈청하를 바라보았다.

그녀 역시 그 말에 어느 정도 동감하는지 살짝 고갤 끄덕였다.

그리고 그런 모습을 본 강성중은 그저 억울할 뿐이었다.

"강 형. 그렇게 억울하면 이기라니까. 3명이 날 이기면 될 일 아니겠어? 만약 그게 힘들다면 최소한 비기기라도 하면 되잖아?"

"미야양!"

지악천의 말이 끝나기 무섭게 백촉의 울음소리까지 맞춰서 들려오니 강성중은 한숨을 푹푹 내뱉었다.

"정말 내 편은 하나도 없구나."

"그러게 누가 항복하랍니까?"

그 말에 강성중 부들부들 떨며 후포성을 노려봤지만 금세 딴청부리는 모습에 아무 소용도 없었다.

"됐다. 됐어. 누굴 믿냐. 인생은 결국은 혼자지."

정말 더럽고 치사하다는 듯이 고갤 흔드는 강성중의 모습에 다들 크게 웃어버렸다.

* * *

송옥자는 자신의 예상보다 많은 시간을 소모하고 있다는 사실에 화를 낼 만했지만 그는 전혀 그러지 않았다.

오히려 유유자적한 모습이었다.

그런 송옥자의 모습은 지켜보는 이들을 더 힘들게 만들었다.

'미치겠군.'

송옥자의 태도를 전해들은 그는 일전에 송옥자와 대화를 나눈 이였다.

그는 상부에서 예상보다 긴 시간이 흘렀음에도 아무런 명령도 내려지지 않고 있다는 사실과 송옥자가 너무나도 점잖게 기다리고 있다는 사실이 찝찝했다.

'설마 상부에서조차 결정을 내리기 힘든 사안이라는 건가? 하긴, 놈을 상대했던 전(前) 지부장도 개방에서 죽었다고 하니까.'

그는 자신이 그와 같은 상황에 놓일 거라는 생각은 추호도 하지 않았다.

'나는 그냥 위에서 내려오는 명령대로 하면 될 뿐이다.

내 신변에 문제가 생기지 않을 정도로.'

그가 그렇게 생각하는 와중에 밖에서 문을 두드리고 안으로 들어와 전서를 그에게 전해주고 밖으로 나갔다.

"…도대체 위는 무슨 생각인 거지?"

전해 받은 전서를 읽던 그는 자신이 제대로 읽은 것인지 서너 번 다시 읽고 또 읽었지만, 상부의 의도를 이해하지 못했다.

하지만 단 한 가지는 이해할 수 있었다.

송옥자의 의뢰를 받겠다는 것은 확실했다.

이제 자신이 할 일은 자신이 좋든 싫든 그 결정을 송옥자에게 전달해주기만 하면 될 일이었다.

"송 진인. 상부의 결정이 내려왔습니다."

그런 그의 말에 송옥자의 태도는 며칠 전과 다르지 않았다.

아니, 오히려 여유가 넘쳐 보였다.

"말해보게."

"상부는 송 진인의 의뢰를 받기로 결정을 내렸습니다. 늦은 이유는 대상을 건드릴 수 있는 곳을 물색하는데 시간이 걸린 모양입니다."

"그 말은 놈을 끌어내고 내 앞으로 끌고 올 수 있는 녀석들이란 말이라고 생각해도 되겠지?"

송옥자의 물음에 그는 고갤 흔들었다.

"아닙니다. 애초에 목표물을 끌어낼 수 있는 수준을 가진 이들이 많지 않다는 것쯤은 알고 계시지 않습니까."

그의 말에 송옥자가 그를 살짝 노려봤지만, 죽이려고 살기를 뿌려대는 것도 아닌 상황에 위축될 리가 없었다.

"내가 의뢰한 것과는 많은 면에서 다르군."

"어쩔 수 없지 않겠습니까. 그자가 저희에게 굵직한 상처를 남긴 자이기도 하지만, 정파이신 송 진인께서도 그자에게 원한이 있을 줄은 추호도 생각지 못했습니다."

그가 슬며시 꺼낸 '원한'이라는 말에 송옥자는 반응하지 않았다.

송옥자의 반응을 기대했던 그는 속으로 갸웃했다.

'원한은 아닌가? 그럼 뭐가 목적이지?'

그는 새롭게 자리한 상황이라 이제까지 송옥자가 의뢰한 목록만 알고 있을 뿐 세부 내용은 알지 못한 상태였다.

"쓸데없이 떠볼 요량이라면 목숨 하나쯤 내놨다고 봐도 되겠군."

이번엔 아까완 다르게 약하긴 했지만 살기가 제대로 느껴졌다.

"하하, 그럴 리가 있겠습니까. 단지 말 그대로일 뿐입니다. 제가 미치지 않은 이상 떠볼 필요가 있을 리가 없지 않겠습니까."

"됐고, 누굴 어떻게 끌어들일지나 들어보지. 들어보고

가능하다 싶으면 너희들 말을 믿어주마."

"결론적으로 말하자면, 남악 인근에 끌어들일 곳은 아시다시피 없습니다. 더욱이 그만한 무위를 가진 이가 돈 몇 푼에 현혹될 리가 없지 않습니까. 그래서 송 진인에게 저희 쪽 사람들을 붙여준다고 합니다. 최소한 저희가 그자를 직접 상대하진 못해도 주변을 묶어놓을 수 있다고 생각합니다."

"……."

송옥자는 잠시 생각에 빠졌다.

그의 말은 정말 그럴듯했다.

지악천의 주변을 막아둔 틈에 자신이 놈을 붙잡는다.

사실 가장 확실한 방법이라고 할 수 있었다.

하지만 내심 걸리는 부분은 단 하나였다.

지악천이 초절정이라는 부분이었다.

'대(大) 화산파의 장로인 내가 놈에게 질 리가 없지.'

그는 화산파의 무공 말고도 많은 무공을 익히고 있었다.

그 무공들은 전부 다 그가 이제까지 제거했거나 폐기한 이들에게서 빼앗은 무공들이었다.

물론 대다수가 알고만 있는 무공이긴 하지만, 제대로 익힌 것들도 적지 않은 숫자였다.

그 말은 화산의 흔적을 최소화할 수 있다는 말이었다.

그것은 자신이 지악천과 관련됐다는 것을 특히 제갈세가

놈들에게 들키지 않고 처리할 수 있다는 뜻이었다.

냉정하게 생각하면 차라리 이게 나을 수도 있었다.

이번에는 다른 놈들과는 달리 아주아주 특별한 놈이었으니까.

어쩌면 이제까지 빼앗은 것들보다 비교할 수 없는 것이 있다고 기대하고 있었다.

그렇지 않고선 하찮은 포두 나부랭이 주제에 단기간에 초절정까지 도달할 수 없다는 게 송옥자의 생각이었다.

'그래. 차라리 내가 나서는 것이 나을 수 있겠다.'

짧은 시간 동안 많은 생각을 거쳐 결정을 내린 송옥자가 앞에 있는 사내를 바라봤다.

"좋다. 그렇게 하지. 네가 말했듯이 그들의 시선을 끌어낼 수 있어야 할 것이다."

"그건 걱정하지 않으셔도 됩니다. 이제까지 저희가 지키지 못할 약속을 한 적은 없지 않습니까."

물론 그는 절대로 실패할 리가 없다고 생각했다.

단지 지악천의 주변에 있는 이들을 끌어낼 뿐이었으니까.

송옥자와 다르게 목숨 걸고 싸울 필요가 없다고 생각했다.

적어도 그는 그렇게 생각했다.

"그런데 준비는 얼마나 걸리지?"

"이미 상부에서 준비해서 호남으로 이동 중일 겁니다."

"내 결정은 상관없이?"

"그만큼 저희도 쌓인 게 적지 않습니다. 어떻게든 풀어야 속이 편안하지 않습니까."

그의 말에 송옥자는 이해할 수 있다는 듯이 고갤 끄덕였다.

"무슨 말인지 알겠군. 하지만 오롯이 놈은 내 것이다. 너희 몫은 없다. 그래도 상관없다?"

"한 하늘 아래 없다는 것이 더 중요할 때도 있는 법 아니겠습니까."

"주둥아리만큼은 청산유수(靑山流水)군. 시답지도 않은 개소리 그만하고 원하는 것이 있을 것 말해라."

송옥자는 절대로 이들에게 약점 잡히고 싶은 생각 따윈 없었다.

이전까지는 안 쓰는 무공을 비롯한 몇 가지 대가를 내놓았지만, 지금은 그때와는 다르게 상호 협력하는 상황이 된 이상은 단순한 대가로는 처리가 안 될 가능성이 크다고 생각했다.

그런 송옥자의 말에 그는 가볍게 미소 지었다.

"기분 나쁘니 웃지 마라. 그렇게 웃는 게 좋다면 영원히 웃을 수 있게 입을 찢어줄 수도 있다."

"크흠. 죄송합니다. 일단 세부 조건은 상부에서 보낸 이들과 하시는 게 좋을 듯합니다. 저는 거기에 포함된 인원이 아니고 결정적으로 이 건은 상부에서 받은 셈이기도 합니다."

"그 말은 네 녀석과 말해봤자 아무런 의미도 없단 뜻이군. 괜한 입씨름만 했군."

송옥자는 그와는 더 이상할 얘기가 없다는 듯이 돌아섰지만 사내는 할 말이 없었다.

한순간에 움츠러들어서 사실을 털어내 버린 것은 자신의 잘못이 맞았으니까.

"……알겠습니다. 그렇게 하시죠."

그는 차마 돌아선 송옥자를 붙잡을 자신이 없었다.

'젠장. 좀 더 끌어낼 생각에 너무 질러버렸군.'

그렇게 돌아선 송옥자의 뒷모습을 보고 있던 그는 자신의 자리로 돌아갈 뿐이었다.

그런 그가 자신의 방으로 돌아왔을 때 이전에 전서를 가져왔던 이가 마치 기다렸다는 듯이 나타나 새로운 전서를 건넨 후 빠져나갔다.

좌락.

전서를 펼쳐 확인하기 무섭게 그는 곧장 다시 밖으로 나갔다.

* * *

지악천은 우내삼성의 일인이자, 무왕이라 불리는 현도 진인을 만난 이후부터 많은 것을 시도하는 중이었다.

일전에 펼쳤던 격공장을 비롯한 손가락으로 내공을 담아서 날리는 지법에도 관심을 보이었다.

하지만 그 모든 것들은 전부 무형천류(無形天流)에 속하는 일부분에 불과했다.

머리로는 알지만 이제까지 몸으로 제대로 체득하지 못한 것들을 전부 다 손대고 있었다.

물론 그렇게 됨으로써 지악천이 쓸 수 있는 수단이 점점 늘어나고 있었다.

지악천에겐 좋으면 좋았지, 절대로 나쁜 방향은 아니었다.

물론 이해당사자인 지악천에겐 그저 이것저것 전부 다 시도하는 것뿐이었지만.

그리고 그런 지악천에게 새로운 무공의 시험대는 역시나 강성중, 제갈청하, 후포성이었다.

"저번에는 격공장, 어젠 지법, 오늘은 뭐야?"

자신들이 지악천이 새롭게 시도하는 무공의 시험대라는 것을 알아버렸지만 그다지 기분 나쁘진 않았다.

지악천이 새롭게 펼치는 무공 수준은 그저 그런 수준은 아니었으니까.

물론 다소 힘 조절에 실패해서 위험한 순간도 전혀 없진 않았지만, 그럭저럭 나쁘지 않았다.

"그냥 오늘은 이것저것 해봐야지."

"뭐, 좋아. 오늘은 어떻게?"

"오늘은 선택권을 강 형에게 줄게. 다 같이 덤벼도 좋고 따로따로 해도 상관없으니까. 아, 그리고 제갈 소협은 오늘도?"

지악천의 말에 제갈청운은 이미 멀찍이 떨어진 곳에 자릴 잡고 백촉과 함께 있었다.

"예. 저는 그냥 보는 거로 만족하겠습니다."

어느덧 백촉과 꽤 친해졌는지 곁에 앉아서 생글거리며 말하는 제갈청운의 모습에 지악천은 고갤 끄덕였다.

"뭐, 편한 대로. 다른 사람은?"

그 말에 후포성이 손을 번쩍 들었고 강성중과 제갈청하는 가만히 있었다.

"좋아. 시작하지."

후포성은 손을 흔들며 자신의 존재감을 표출하는 자신을 싹 무시한 채로 지악천이 말하자 중얼거렸다.

"무시할 거면 물어보질 말든가."

작게 중얼거린다고 해도 입 밖으로 나온 이상 지악천이 듣지 못할 리가 없었지만, 저런 것에 반응하면 말이 길어질 게 뻔했기에 그냥 무시했다.

그렇게 지악천이 먼저 자릴 옮기자 강성중은 양옆에 있

는 제갈청하와 후포성을 바라봤다.

"제갈 소저께서 먼저? 아니면 네가 할래?"

"아니, 강 형. 강 형이 먼저 한다는 선택권도 있습니다만?"

"넌 됐고 시끄럽고 어떻게?"

"전 나중에 하겠어요. 적어도 첫 번째는 싫어요."

제갈청하가 먼저 처음엔 나서지 않겠다고 선언했으니 남은 그들로서는 살짝 아쉬웠다.

그동안 제갈청하는 먼저 지악천에게 덤비다가 몇 번 된통 당한 후로는 계속 순번을 미루는 모습을 보이곤 했었다.

"강 형. 큰형답게 시원하게 먼저."

"이럴 때만 큰형이냐?"

"아니! 이럴 때만이라니? 강 형. 와, 저번에 내가 먼저 했잖수! 그런데 이번에도 먼저 하라고? 진짜 너무하네."

후포성이 정말 한탄스러운 목소리로 고개까지 숙이며 살짝 흐느끼듯이 말하니, 강성중은 더는 강요하기가 그랬다.

막말로 목숨이 목전에 닿은 상황도 아닌 단순한 대련인데 저렇게까지 하는데 양보해줘야지 별수 없었다.

"어휴, 더럽다 더러워."

그 말을 끝으로 돌아서서 지악천이 있는 곳으로 걸어가

는 강성중의 뒷모습을 고개를 살짝 틀어서 본 후포성이 이내 고개를 완전히 들었다.

"어휴, 징글징글하다."

그런 후포성을 본 제갈청하는 고갤 절레절레 흔들긴 했지만, 그의 심정을 이해하지 못하는 건 아니었다.

자신도 뒤에 하겠다고 미뤘으니까.

그렇게 반쯤 강제로 지악천과 마주한 강성중이 말했다.

"살살 하자. 살살 하자고."

"무슨 소리야. 언제나 연습이든 대련이든 실전처럼 해야지. 솔직히 지금도 충분히 봐주고 있는데."

지악천의 말에 강성중은 할 말이 없었다.

봐줬다는데 무슨 말이 더 필요하겠는가.

"하……."

"너무 그러지 마. 강 형. 그리고 강 형도 지금까지 반쯤은 힘 빼고 설렁설렁했다는 걸 내가 모를 줄 알았어?"

"……알고 있었어?"

그 말에 지악천이 가볍게 어깨를 으쓱했다.

"당연하지. 둘 다 같은 경지인데 그 정도 차이가 날 리가 없잖아? 그리고 예전에 제갈 소저에게 들은 것도 있고 얼마 전까지야 강 형이 익숙해지는데 급급했다지만, 적어도 최근에는 아니잖아?"

지악천의 말에 눈이 살짝 차갑게 가라앉았다.

"그 말을 이 자리에서 한다는 것은 제대로 해보자는 거야?"

"자신의 한계를 한 번쯤은 알아둬야 하지 않겠어? 이게 말이야 자신의 한계를 알아두면 그걸 부수는 재미가 있더라고."

물론 이건 지악천에게만 해당하는 이야기였다.

사람마다 차이가 있겠지만, 대부분 많은 이들이 뼈를 깎는 듯한 수련을 통해서 누군가는 벽을 겨우겨우 허물어 위로 올라가거나, 벽에 가로막혀 영원히 주저앉는 이들이 많은 경지가 지금 지악천과 강성중의 경지는 초절정이라는 경지였다.

그리고 그렇게 위로 올라간 이들이 현재 천하십오절(天下十八絶)이라는 불리는 화경의 경지를 밟은 무인들이었다.

"같이 올라가야지. 혼자 올라가면 무슨 재미야."

그 말을 하면서 짓는 지악천의 미소를 본 강성중은 왠지 모를 소름이 돋았다.

뭔가 말과는 다른 느낌이 썩 좋지 않았다.

"제대로 해보자고."

지악천 가볍게 목을 풀면서 자세를 잡자 강성중은 무언가에 이끌리듯이 자세를 잡았다.

퍼펑!

선공은 지악천의 격공장(隔空掌)을 응용한 격공지(隔空指)였다.

별다른 기교 없이 날린 격공지가 허공에서 터지면서 강성중의 시선을 흔들려고 했지만, 이미 겪어봤기에 대비가 어느 정도 돼 있었다.

허공에서 터지며 밀려오는 폭발력을 가볍게 소매를 내저으며 무마시키기 무섭게 강성중도 움직였다.

강성중은 더는 절제할 생각이 없다는 걸 보여주기라도 하듯이 이전까지의 그의 움직임과는 비교하기 힘들 정도의 빠름을 보여주기 시작했다.

멀찍이 떨어져서 둘을 지켜보는 제갈청하와 후포성도 놀랄 정도의 움직임이었다.

"역시. 강 형은 날 실망시키지 않는다니까."

그런 강성중을 본 지악천은 말을 하며 움직이기 시작했다.

거의 강성중과 비등한 속도로 움직이는 지악천이 달려들었다.

슈슈슉!

겉으로 보이는 모습은 지악천과 강성중의 신형이 어지럽게 얽히는 듯 보였지만, 실상은 그렇지 않았다.

나름대로 속도에 자신감이 있던 강성중이 한순간이지만 버겁다고 생각할 정도로 지악천이 약간의 우세를 점하고

있었다.

　오랜 기간 은영단에서 활동하면서 경공에 나름대로 일가
견이 있다고 생각하던 강성중이기에 충격이 전혀 없다고
할 순 없었다.

　'도대체 어디까지 발전할 생각이냐.'

　강성중은 지악천의 발전 속도를 지켜보면서 항상 느끼는
것이었지만, 정말 이건 사기 그 이상이었다.

　'아니면 내가 부족해서 이제까지 제대로 보여준 적이 없
던가.'

　정확히는 후자에 가까웠지만 그런 질문을 지악천에게 한
다 한들 제대로 답해줄 리가 없었다.

　물론 강성중도 이 이상의 속도를 낼 순 있지만, 그건 말
그대로 빠르게 이동할 때나 필요한 거고 이런 상황에선 쓸
모가 없었다.

　속도에 치중하다 보면 다른 걸 잃기 마련이니까 어쩔 수
없는 것이었다.

　그런 와중에 지악천은 은밀하게 손가락을 움직이면서 격
공지를 쉼 없이 주변에 뿌려놓기 시작했다.

　거기다 그 격공지에 단순하게 내력만 쓴 것이 아닌 화기
와 냉기까지 섞어 쓰기 시작했다.

　후우웅, 후웅! 후웅!

　화기와 냉기로 격공지로 날려뒀던 것들은 특유의 기운을

숨길 수 없었지만, 그건 그거대로 좋았다.

그것들의 존재감이 드러날수록 단순 내력만 실린 격공지의 위력은 더욱더 커질 테니까.

그러한 가운데 지악천의 의도에 고스란히 노출된 강성중은 혼란스러울 수밖에 없었다.

대놓고 느껴지는 화기와 냉기에 조심스러워질 수밖에 없었고 그것은 지악천에게 빈틈으로 다가왔다.

슈우욱! 펑!

지악천이 뿌려뒀던 격공지들이 약간의 시차를 두고서 마치 연쇄 폭발이라도 일으키듯이 정신없이 터져나가기 시작했다.

퍼퍼퍼퍼펑! 퍼퍼퍼퍼펑!

강성중은 사방에서 폭발음이 울리자 움찔하며 잠깐 멈췄다.

하지만 그때 그가 감지하지 못한 격공지가 그의 가슴팍 인근에서 터져나갔다.

펑!

"읍!"

갑작스럽게 터진 격공지에 충격을 받은 강성중의 상체가 뒤로 밀리며 주춤할 때 지악천이 바닥을 쓸 듯한 낮은 자세로 그의 다리를 노리고 들어가고 있었다.

퍽! 쿵!

상체가 뒤로 쏠려 있던 탓에 그대로 지악천의 발에 다리가 걸려 쓰러졌다.

그리고 그대로 걷어차려는 듯한 지악천의 모습에 재빠르게 팔에 내기를 밀어 넣으며 받아냈지만, 그대로 붕 떠서 뒤로 밀려 나갔다.

쿵!

"제기랄!"

바닥에 떨어지는 순간 곧바로 바닥을 짚으며 몸을 일으킨 강성중에게서 짜증이 가득 담긴 음성이 튀어나왔다.

급하게 내기를 팔에 밀어 넣으면서 막아내긴 했지만, 그 충격이 작지 않은 듯 지금도 막아낸 양팔에 미세한 경련이 남아 있었다.

"왜? 벌써 지쳤어?"

잔뜩 짜증이 올라온 강성중을 보며 지악천이 이죽거리자 강성중이 달려들었다.

펑!

하지만 어느새 날려둔 건지 모를 격공지가 아닌 격공장이 터지면서 강성중을 뒤로 밀어내 버렸다.

"방심은 금물이라고. 짜증 내 봤자 강 형만 손해라니까?"

지악천의 표정은 담담하기 그지없었지만, 목소리는 오묘한 웃음기가 담겨 있었다.

으드득.

이를 간 강성중의 선택은 전방을 향한 장력 방출이었다.

혹시 모를 함정을 처리하기 위해서였다.

쾅! 퍼펑!

후두두둑!

장력에 직격으로 맞은 바닥이 뒤집히며 지악천이 뿌려뒀던 격공지들이 같이 터져나갔다.

"오. 하지만 어림도 없지."

강성중의 방법이 틀린 건 아니었다. 다만 상대가 지악천이라는 게 문제였다.

검지를 뻗어 사방에 향해서 지력을 방출하기 시작했다.

그 모습을 본 강성중이 허탈하다는 듯한 표정을 지었다.

"안 가. 네가 와라."

"그래? 못 갈 것도 없지."

자신의 말에 거침없이 걸음을 옮기는 지악천의 모습에 강성중은 속으로 갸웃거렸다.

'허허실실(虛虛實實)?'

지악천의 허허실실 또는 허장성세(虛張聲勢)인지 정확한 판단이 서실 않았다.

이미 직전에 지악천이 수많은 격공지를 깔아뒀던 것이 강성중의 판단을 흐리게 만들었기 때문이었다.

그렇게 지악천과 강성중의 거리는 딱 세 걸음 정도의 거리까지 가까워졌다.

"본격적으로 해볼까?"

강성중은 지악천의 말에 자신이 속았다는 걸 깨달았다.

본래라면 지악천과 근접전은 하지 않고 최대한 피해 다녔을 것이 뻔했으니까.

그렇게 마주한 지악천과 강성중의 몸에 옅은 아지랑이처럼 보이는 뭔가가 피어오르기 시작했다.

그런 그들의 모습을 멀리서 지켜보고 있던 제갈 남매, 후포성의 눈엔 긴장감이 맴돌았다.

그들도 초절정 무인들이 싸우는 것은 사실상 처음 보는 것이어서 긴장할 수밖에 없었다.

넘실거리는 아지랑이가 피어오르는 지악천과 강성중은 동시에 한 걸음을 내디뎠다.

동시에 걸음 내딛는 순간 누가 먼저랄 것이 없이 서로를 향해서 손이 움직였다.

콰앙! 쾅!

지악천과 강성중의 주 무공은 검을 쓰지만, 검만큼 자주 쓰는 것이 권장이기도 했기에 둘의 격전은 확실히 거칠었다.

지악천의 무형천류(無形天流)가 다소 투박한 느낌이었다면 강성진의 권은 간결하고 맺고 끊음이 확실한 권법을 구사하고 있었다.

이것은 처음부터 체계적으로 배운 사람과 그렇지 않은 사람의 차이라고 할 수 있었지만, 무형천류를 펼치기에는 지악천의 방식이 가장 올바른 방법이었다.

체계적으로 배우지 않았기에 투박했지만, 그만큼 상황에 따라서 변화무쌍하고 임기응변에 탁월했으니까.

후웅! 휙!

지악천과 강성중은 서로를 향해서 손을 움직이며 피하기를 반복했다.

쾅!

그 과정에 그들의 주변이 살짝 초토화가 되긴 했지만 그렇게 심하진 않았다.

그리고 그들의 대결은 이제 진짜 시작이었다.

그들의 손발이 부딪히거나 흘려지는 수가 많아질수록 땅거죽이 훌러덩 뒤집히는 횟수도 빠르게 늘어났다.

쾨드득! 펑! 퍼퍼펑!

둘 다 거의 종이 한 장 수준으로 서로의 공세를 피해내며 빠르게 이어지는 공세는 닿기만 해도 치명상으로 이어질 듯한 수준이었다.

순수 능력은 지악천이 앞섰고 경험적인 측면은 강성중이 앞서는 만큼 둘의 격차는 크지 않았다.

물론 그것은 지금 당장에 국한된 문제였다.

계속해서 이어지면 질수록 불리한 쪽은 당연하게도 강성

중일 게 뻔했다.

거기다 지악천은 강성중이 당장 불가능한 격공장과 격공지를 쓸 수 있다는 이점이 있었다.

물론 강성중 역시 지악천이 모르는 한 수 이상을 숨겨두고 있을 수도 있긴 했지만, 보이는 거로만 따진다면 당장 판세는 강성중에게 불리하게 돌아간다는 것은 사실이었다.

그러는 가운데 둘의 주먹에 실린 권기가 부딪혔다.

콰아아아앙!

둘의 권기가 부딪히기 무섭게 누가 먼저랄 것도 없이 동시에 권기가 둘린 주먹을 재차 휘둘렀다.

콰아앙!

촤르르륵!

처음에는 밀리지 않았던 강성중이 이번엔 밀렸다.

"후우."

뒤로 밀린 강성중을 보며 지악천이 고갤 흔들며 가볍게 숨을 내쉬었다.

"아직도 저릿저릿한데? 생각 이상인데?"

지악천의 감탄 섞인 말은 거짓이 아닌 순수한 감탄이었다.

감탄 그대로 강성중의 실력은 지악천이 예상했던 수준을 크게 상회하고 있었다.

하지만 그런 지악천의 칭찬에도 강성중의 표정은 그다지 좋지 않았다.

결과를 예견했다지만 실제로 경험한다는 것은 언제나 체감이 다른 법이었다.

지악천이 느낀 충격이 저릿한 느낌이라면 지금 강성중이 느낀 충격은 고통이었다.

처음엔 괜찮았지만, 재차 이어지는 충격은 그의 전신으로 퍼진 상태였다.

그랬기에 바로 달려들지 않고 충격을 흩어놓는데, 시간을 벌고 싶었다.

"하. 진짜 장난 아니네."

괜찮다는 듯한 표정으로 말하는 강성중의 모습에 지악천은 입가에 미소를 잃지 않았다.

"그렇지? 나도 간만에 제대로 움직이는 느낌이라 아주 좋다니까?"

지악천의 말에 물론 강성중은 전혀 공감할 수 없었다.

그는 지금도 충격을 흘려내기 급급했으니까.

"대충 숨 좀 돌렸지? 슬슬 다시 해볼까?"

이미 지악천은 강성중이 덤벼들지 않는 이유가 뻔하다는 듯이 들여다보고 있었다. 그 말에 강성중은 쓴웃음을 지을 수밖에 없었다.

딱 충격이 거의 사라질 만하니까 바로 말이 나온 상황이었다.

더군다나 지악천이 이전처럼 그냥 물러나 줄 것 같지 않았기에 자신이 할 수 있는 일을 해야 했다.

"이번엔 색다르게 해보자고."

그 말이 끝나기 무섭게 지악천의 양손에 각각 화기와 냉기로 이뤄진 권기가 뚜렷하게 보였다.

"······좀 봐줘라."

그 모습에 강성중은 끝내 말하고 말았다.

봐달라고.

그러자 지악천이 가볍게 미소 지으며 장난스럽게 말했다.

"싫은데?"

그 말을 끝으로 지악천이 가볍게 몸을 날렸다.

소동과 남악의 중간지점쯤 되는 관도에 도착한 송옥자는 누군가를 기다리는 듯 나무에 등을 대고 있었다.

'늦는군. 아님, 내가 빨랐나?'

송옥자는 이곳에서 만나기로 약속된 이를 기다리고 있었다.

그렇게 약간의 시간이 지났을 때 송옥자의 기감에 누군가가 접근하는 것이 느껴졌다.

그 기척은 빠르고 은밀했지만, 송옥자를 속일 수 있는 정돈 아니었다.

기척을 느낀 송옥자는 등을 대고 있던 나무에서 떨어진 후에 기척이 다가오는 방향을 향해서 몸을 돌렸고 그 순간 기척의 주인이 모습을 드러냈다.

그는 건장한 체격에 호남형의 사내였다.

"시간을 맞췄다고 생각했는데 제가 늦었나 봅니다. 미안합니다. 송 진인."

"귀하는 날 아는데 나는 귀하를 모르는데, 당신이 누구인지부터 말하지 그러오?"

살짝 날이 서 있는 송옥자의 말에 그는 가벼운 미소를 지었다.

"제가 자꾸 결례를 범하는 모양입니다. 송 진인. 화진성(華眞星)이라 합니다."

자신을 화진성이라 소개하자 송옥자의 눈살이 순간 날카로워졌다.

'화진성? 설마 사파 100대 고수의 일인?'

"섬전수(閃電手)?"

"아이고, 고명하신 송 진인께서 제 별호까지 아실 줄이야."

화진성은 자신을 알아본 송옥자에게 다소 헤픈 웃음을 흘렸다.

'녀석들의 저력이 사파 100대 고수를 움직일 수 있는 수

준일 줄은 몰랐군.'

"…섬전수는 독보를 즐긴다고 들었던 것 같은데 그렇지 않았군."

"하핫, 다 먹고 살라면 뭐든 해야 하지 않겠습니까. 그렇게 따진다면 송 진인께서도 뜻밖이긴 합니다만?"

화진성은 송옥자의 말에 살짝 빈정 상했는지 받아쳤다.

화진성의 말에 송옥자는 표정을 살짝 굳혔다.

물론 따지고 들면 자신이 실수하긴 했지만, 굳이 사파인인 화진성에게 고갤 숙이고 싶진 않았다.

그건 그의 자존심 문제였으니까.

"크흠! 알아선 좋을 것이 없는 일이오."

"뭐, 좋습니다. 일단 계획을 설명하겠습니다."

말을 하는 화진성의 표정은 자신이 이겼다는 듯한 표정이었지만 송옥자는 개의치 않았다.

지금은 그게 중요하지 않았으니까.

'이놈은 나중에 처리하면 된다.'

적어도 송옥자는 그렇게 생각했다.

하지만 화진성은 설명하는 내내 송옥자의 표정과 몸짓을 유심히 지켜보고 있었다.

그걸 정신이 딴 데 팔린 송옥자는 느끼지 못했다.

"말했듯이 저와 다른 이들은 놈을 제외한 다른 이들의 시선을 끌고 있을 예정입니다. 그 사이에 송 진인께서 원하는 걸 하시면 됩니다."

"하지만 어떻게?"

송옥자는 화진성이 무슨 핑계로 그들에게 시비를 걸지 궁금했다.

"이곳이 어딘지 잊으신 겁니까? 이곳은 호남입니다. 호남. 정사마 그 누구도 쉽게 손을 뻗지 못하고 있던 곳이죠. 저는 그 틈을 흔들면 됩니다. 그리고 알아보니 제갈세가가 나타나기 전에도 이러저러한 일이 많았으니 좋은 소재가 될 겁니다. 말 그대로 명분이 있습니다."

"응하지 않는다면?"

송옥자의 말이 의외였는지 화진성은 두 눈을 껌벅거렸다.

"그게 중요할 리가 있겠습니까. 어차피 응하든 응하지 않든 싸울 텐데."

확실히 화진성의 말대로 그건 중요하지 않았다.

화진성이 대놓고 남악에 들어서는 순간부터 이미 늦었을 테니까.

"일단 가시죠. 대략 늦은 오후 또는 저녁 즈음에 그들을 흔들 생각이니 시기는 알아서 맞추시면 됩니다."

송옥자로선 화진성의 설명이 살짝 부족하게 들릴 수 있었지만, 자신이 원하는 걸 충족만 해준다면 아무래도 상관없었다.

이들이 다 죽는다고 해도 자신은 지악천만 잡을 수 있다면 어찌 되든 상관없었다.

자신이 이들과 연관됐다는 사실은 말뿐이고 증거는 그 무엇 하나도 없으니까.

아직도 한창 비무 중인 강성중은 목까지 차오른 숨을 거칠게 내쉬며 숨을 고르면서도 눈은 자신의 앞에 있는 지악천에게서 떨어질 줄 모르고 있었다.

"허억…… 허억."

'한순간이라도 눈을 떼면 위험해.'

그의 생각대로 지악천은 강성중과 달리 전혀 지쳐 보이지 않았다.

강성중은 땀을 줄줄 흘리고 있는 반면에 지악천은 뽀송뽀송했으니까.

물론 그것은 음양이기 때문이기도 했지만, 무엇보다 지악천이 더욱더 능숙해지고 있었다.

많은 경험을 쌓으면서 부족한 부분에 대한 시험을 꾸준한 대련으로 고쳐나가니 여유가 생기지 않을 수가 없었다.

반대로 꾸준히 대련을 해오던 강성중으로선 점점 더 단단해지는 벽 같은 느낌을 받지 않을 수가 없었다.

그렇게 강성중이 숨이 안정될 때까지 기다린 지악천은 다시금 양손에 넘실거리는 권기를 일으키며 물었다.

"쉴 만큼 쉬었지?"

강성중이 그 물음에 답할 틈도 없이 지악천이 달려들었다.

쾅!

왼손의 화기로 가득한 권기에 닿은 나무가 그대로 타오르면서 터져나갔다.

그리고 연달아 오른 주먹을 휘두르자 타오르던 나뭇조각들이 빠르게 식다 못해 하얗게 서리까지 낄 정도였다.

"아, 좀! 살살 하자."

강성중은 앞서서 몇 번 받아내 봤지만, 초절정에 이른 그조차도 쉽게 버틸 수 있는 수준의 권기가 아니었다.

강성중에 눈에 보이는 지악천의 무공은 화려하지 않지만, 그는 한 가지 단언할 수 있었다.

지악천이 펼치는 무공의 기원을 알 순 없었지만, 단연코 확실한 결(結)을 가지고 있었다.

어설프게 초식을 이어가는 것보단 확실하게 끝맺음하고 후속을 기대하는 것이 더 나은 경우가 종종 있듯이 지악천의 경우가 그러했다.

부웅! 부웅!

"이익!"

대기를 짓이기는 듯한 소리와 함께 밀려드는 지악천의 주먹을 상체를 젖히며 겨우 피해낸 강성중은 젖혀진 상체를 일으키기보단 양팔을 그대로 땅을 짚으며 회전시켰다.

그 순간에 바닥에서 떨어지는 양발을 이용해서 지악천이 접근하지 못하게 견제까지 이뤄내려고 했다.

텁!

강성중의 발을 피할 줄 알았던 지악천이 그의 발을 붙잡았다.

"어딜 도망가려고."

그 말과 동시에 그대로 왼쪽으로 패대기쳤다.

쾅!

"끄으으윽!"

바닥에 등을 강하게 부딪친 강성중이 고통의 몸짓과 신음을 절로 흘렸다.

물론 어딜 다칠 만한 수준은 아니었다.

생사결도 아닌데 그렇게까진 할 필요가 없기에 마지막에 힘을 살짝 풀었다.

팟.

등에서 밀려오는 고통에 일그러진 강성중이 어떻든 관심 없다는 듯이 지악천이 달려들었다.

지악천이 여유를 주지 않겠다는 듯이 달려드니 강성중은 최대한 빠르게 몸을 일으켜 그를 향해서 장력을 날렸다.

시간을 벌어볼 셈이었다.

지악천은 자신을 향해서 날아드는 장력을 향해서 장력을

날려 맞대응을 하며 속도를 줄이지 않았다.

펑!

지악천과 강성중의 장력이 터지면서 폭발이 일어났다.

하지만 지악천은 그대로 아랑곳하지 않고 폭발 속으로 뛰어들어 직선으로 강성중을 향해서 날아들었다.

하지만 강성중은 지악천이 폭발 속으로 뛰어들었을 줄은 상상도 하지 못한 채 좌우로 빠르게 눈을 움직이며 혹시라도 지악천이 달려들까 싶어 대비하려고 했다.

펑!

폭발로 인해 일어난 희뿌연 연기를 뚫고 지악천의 모습이 드러났다. 그리고 그대로 강성중을 향해서 주먹을 뻗었다.

"어어어!"

뒤늦게 지악천을 발견한 강성중이 늦었다는 걸 인지하고 팔로 가슴팍을 가리는 순간 그의 주먹이 강성중의 팔을 두드렸다.

퍽!

데구르르.

제대로 대비하지 못한 강성중은 묵직한 타격음과 충격을 버텨내지 못한 채로 바닥을 구르면서 널브러졌다.

"이, 이젠 더, 모, 못해."

바닥에 대(大)자로 쓰러진 강성중은 다가오는 지악천을

눈으로 보며 말했다.

"……뭐, 어쩔 수 없지."

지악천은 내심 아쉽긴 했지만, 강성중이 전력을 거의 끌어올렸다는 것에 만족했다.

'어차피 사람은 더 있으니까.'

그 생각이 끝나기 무섭게 제갈청하와 후포성이 있는 곳을 바라봤다.

부르르.

제갈청하와 후포성은 꽤 떨어진 거리였지만 무인이기에 지악천이 자신들이 있는 방향으로 고갤 돌렸다는 것을 인지하기 무섭게 오한이 일었다.

그리고 동시에 서로를 바라봤다.

"저……."

후포성이 먼저 말을 하려는 순간 제갈청하가 빠르게 고갤 흔들었다.

"안 가요. 절대. 무조건 마지막에."

"……."

제갈청하의 말에 불만 가득한 표정을 하려던 후포성은 이내 들려오는 전음에 한숨을 내쉬었다.

─빨리 와서 강 형이나 데려가.

"하."

한숨을 쉰 뒤에 가볍게 몸을 날린 후포성이 어깨에 강성중을 짊어지고 돌아오는 건 금방이었다.

"좀 더 버티지 그랬소? 그러면 일 핑계 대고 도망칠 수 있었는데."

후포성이 어깨에 짊어진 강성중을 내려놓으며 하는 말에 그가 반응했다.

"야, 헛소리 그만하고 뒈지게 고생해라."

강성중은 그다지 화를 내지도 않았다.

지악천이 뭔가 새로운 걸 한다는 건 그걸 받아줄 사람의 고생길이 훤하게 열려 있다는 뜻이었으니까.

'나처럼 말이야.'

후포성은 인상을 찌푸리는 동시에 약이 오를 수밖에 없었다.

강성중의 말과 표정은 너무나도 자신을 향한 안쓰럽다는 감정이 느껴질 정도였으니까 말이다.

—빨리 와라!

뭔가 당한 느낌을 받은 후포성이 강성중을 향해서 뭐라 말을 하려고 하는 순간 귀에 울리는 지악천의 전음에 하는 수 없이 돌아섰다.

'빌어먹을.'

방금까지 지악천과 강성중이 보여준 무위를 생각한다면 그에게 남은 건 하나였다.

정말 꼬리에 불붙은 개처럼 도망 다니든가 죽기 살기로

싸워보든가.

'시발.'

물론 어차피 결과는 달라지지 않겠지만 말이다.

그렇게 천천히 지악천이 있는 곳으로 걸어가는 후포성의 귀에 묘한 소리가 들려왔다.

툭툭.

그 소리에 고갤 돌리자 어느새 일어선 강성중이 대련으로 인해서 이곳저곳 찢어지고 흙먼지가 묻은 옷을 털고 있었다.

가장 중요한 것은 자신이 짊어지고 올 때까지만 해도 죽을 듯한 표정을 하고 있었다.

그랬던 그가 아무렇지도 않다는 듯이 옷을 털고 있으니 후포성으로선 속이 터질 만했지만, 딱히 그가 어떻게 해볼 방법이 없었다.

지악천도 가만히 있는데 후포성이 나설 순 없었다.

저벅, 저벅.

두둑, 두둑.

후포성의 걸음에 맞춰 멀리서 지악천이 목을 푸는 소리가 왠지 모르겠지만 그에겐 슬프게 들려왔다.

후포성은 정말 하기 싫다는 걸 얼굴로 표현했으나 지악천에겐 어림도 없었다.

"어설프게 불쌍한 척하면서 헛짓거리하지 말고 그냥 얌

전히 와라. 자신 있으면 도망쳐보든가."

지악천의 말에 비 맞은 개 같은 표정을 한 후포성은 마지못해 걸어갔다.

"야, 누가 보면 일방적으로 내가 널 개 패듯이 때리는 줄 알겠다."

'그럼, 아니었나?'

"……."

목구멍까지 올라온 말을 가까스로 눌러 내린 후포성은 그저 앞으로 걸어갈 뿐이었다.

그런 후포성을 보며 지악천이 덤비라는 듯이 가볍게 손을 까닥거리고 있었다.

해가 떨어지기 전인 유시(酉時)에 송옥자와 화진성은 남악이 눈에 들어오는 거리에 도착한 상태였다.

"흠… 사람이 없진 않군."

"어차피 돈에 눈이 먼 장기 말들입니다."

"자신과 저들은 다르다?"

송옥자의 말에 화진성이 가볍게 미소 지었다.

"적어도 저런 이들과 같을 순 없지 않습니까."

그 말은 여러 가지로 해석될 여지가 있었지만, 적어도 당장 송옥자가 듣기에는 불쾌해하는 감정이 크게 느껴졌다.

"그렇군. 바로 들어갈 건가?"

"잠시만요."

송옥자의 물음에 화진성은 답을 하지 않고 고갤 반대쪽으로 돌렸다.

입 모양을 보면 누군가와 전음을 나누고 있는 모양이었다.

"현재 따로 흩어진 모양입니다. 바로 시작해도 되겠습니까? 송 진인."

언제 불쾌했었냐는 듯이 순식간에 차갑게 가라앉은 눈으로 묻는 화진성의 말에 송옥자가 가볍게 끄덕였다.

그 모습에 화진성이 손가락으로 방향을 가리키자 대기하고 있던 이들이 남악으로 들어가기 시작했다.

〈다음 권에 계속〉

어울림 BOOKS 신인 작가 대모집!

어울림 출판사는 무한한 상상력과 뜨거운 열정을 가진 작가 여러분을 기다리고 있습니다.

창작에 대한 열의가 위대한 작품으로 꽃피울 수 있도록 저희 어울림 출판사가 여러분의 힘이 돼 드리겠습니다.

지금 도전하십시오!

모집 분야 : 판타지, 역사, 무협, 로맨스 등
모집 대상 : 아마추어, 인터넷 작가등 열정을 가진 모든 작가
모집 기한 : 수시 모집
작품 접수 방법 : 당사 네이버 카페 또는 이메일을 이용해 주십시오.

파일 형식은 제한이 없으나 원활한 원고 검토를 위해 '.HWP' 형식으로 보내주시고, 파일에 연락처도 함께 기재해주시면 됩니다.

채택된 작품은 정식 계약을 통해 출판물로 간행됩니다.
간행된 출판물은 당사의 유통망을 이용하여 전국 서점으로 배포됩니다.
※ 문의 사항은 **네이버 카페**(http://cafe.naver.com/oulim0120)를 이용하시기 바랍니다.

경기도 고양시 일산동구 장항동 43-55 성우사카르타워 801호
어울림 출판사 신인 작가 담당자 앞
전화 031) 919-0122 / **E-mail** 5ullim@daum.net